당신이 누구인지 잊었다면

바디 마을 다이어리 in 통영

당신이 누구인지 잊었다면

바다 마을 다이어리 in 통영

발행일 2020년 12월 30일

지은이 단아 | **펴낸이** 김민희, 김준영

편집 김민희, 김준영

디자인 이유진 | **영업** 김영란

펴낸곳 두사람 | **등록** 2016년 2월 1일 제2016-000031호

팩스 02-6442-1718 | **메일** twopeople1718@gmail.com

ISBN 979-11-90061-25-4 03810

Published by TWOPEOPLE, Inc. Printed in Korea

당신이 누구인지
잊었다면

바다
마을
다이어리

in 통영

단아 지음

두사람

목차

2nd Week 그렇다면 어쨌든, 버텨라 _버티는 시기에 해야 할 것

3rd Week 인생의 문제는 잘 먹으면 반 이상 해결되더라

4th Week 오직 '나' 하나만 생각해본 적 있어?

부록 통영으로 떠나고 싶은 당신에게

Prologue.

촉촉한 인생을 찾아 통영으로 떠나다

"당신 사주엔 물이 없어."

어느 점쟁이가 한 말이다. 이 말을 들은 이후 나는 기회가 되는 대로 물가를 찾았다. 찰랑거리는 물결의 반사광, 그것 하나 보는 것이 반짝이는 다이아몬드를 얻는 것보다 좋았다. 물살에 몸을 맡기고 해양 동물인 듯 떠다니면 금상첨화겠지만, 물을 그냥 바라만 보아도 건조한 정신이 촉촉하게 젖는다.

통영. 텁텁한 모래 더미 같던 나에게 갑자기 깃든 도시. 우연 같은 모양새로 찾아왔지만 시간이 흐르고 보니 정해진 운명이었던 듯 느껴진다. 몸과 마음이 쩍쩍 갈라지던 그해 여름, 나는 통영을 만났다. 통영은 이름마저 촉촉하다. 발음할 때 미끄

럽게 울리는 '이응'이 통영의 쪽빛 바다 일렁임을 꼭 닮았다.

서울의 전철에 앉아 이리저리 흔들리는 천장 손잡이들을 바라보고 있노라면, 자유형 곡선처럼 아래위로 기분 좋게 흔들리던 통영의 여객선이 떠오른다. 통영항에 도착한 뒤 비진도로, 욕지도로, 배를 타고 바다를 유랑하던 날들을 잊을 수 없다. 어디 하나 막히지 않고 파란빛으로 탁 트여 있던 갑판 위 풍경을 마주하자 비로소 순리를 따르는 인생처럼 느껴졌다. 복잡했던 내 삶이 한결 정돈되는 듯했다. 하지만 그 풍경이 끝없이 이어지듯 사실 끝난 건 아무것도 없었다. 일렁이는 배처럼 나는 그저 보이지 않는 수평선 너머를 꿈꾸며 항해할 뿐. 어쨌거나 모든 게 막혀 있는 것만 같던 서울에서의 나를 잠시 잊자고 다짐했다. 그리고 한 달 동안 나는 물기 하나 없이 퍽퍽하던 삶에 수분을 가득 채웠다.

통영살이는 길고 긴 인생 중 한 달이라는 짧은 기간에 불과했는데, 그렇게 한 달간 채운 에너지는 쉽사리 마르지 않는다. 한 달은 한 달일 뿐이라고, 한 달이든 일주일이든 여행은 여행일 뿐이라고, 사람들은 말한다. 한때는 나 역시 그렇게 생각했었다. 하지만 희한하게도 지난 여름 통영에서 내가 채워온 것들은 마르지 않는 샘처럼 내 온 정신과 마음에 남아 있다. 일상이 버석버석 메마를 만하면 청량하게 일으켜 세워주는 통영의 힘. 내 사주엔 물기운이 없단 말씀은 전혀 신경 쓰이지 않을 정도로 고맙다.

통영을 찾았던 건, 어쩌면 나도 모르게 무의식을 따라 개운법을 실천한 게 아니었을까? 바다의 색과 소리와 움직임을 질릴 만큼 바라보고, 비릿한 듯 차가운 그 냄새를 폐까지 가득 채워 넣고, 사방에서 나를 감싸 안는 남해의 바닷물에 아기처럼 안겨 있던 그 순간들. 도시에서만 지냈다면 결코 누리지 못했을 순간들로 한 달을 채웠더니 이후 1년은 너끈히 살아낼 수 있을 듯하다. 그러므로, 정말 더할 나위 없이 온전한 한 달이었다. 좋아하는 것으로 가득 채우는 것보다 부족한 것 하나를 섭섭지 않게 채우는 것, 그것만큼 오래가는 여운은 없다.

2020년 12월

단아

오랜 여운을 안겨준 통영 바다

1st Week

도대체 이번 생에
내 미션은 뭡니까?

_인생 미션을 찾아서

Day 1 없으면 있게 하라

서울 남부터미널에서 출발하는 통영행 시외버스에 몸을 실었다. 여름 한낮의 찌는 듯한 더위와 쨍쨍한 햇빛. 창밖 너머로 엷게 들리는 매미 소리. 7월이었다. 이어폰으로는 리듬감 넘치는 80년대 미국 소프트 록이 흘러나왔다. 뒷자리가 빈 것을 확인하고는 등받이를 뒤로 젖혀 고속도로 버스 라이딩을 만끽할 준비를 마쳤다. 별다를 것 없는 평범한 시외버스였다. 하지만 두 귀를 꼭 막은 이어폰에서 흘러나오는 감미로운 음악, 기대되는 목적지, 삶을 새로 시작하는 듯한 설렘 덕분에 모든 것이 특별했다. 버스의 공기, 건너편 승객, 무뚝뚝하게 티켓을 검수하던 기사까지.

겨울, 그리고 반 바퀴를 돌아 다시 여름. 나의 탈주는 항상 이 두 계절에 이루어진다. 이유는 간단하다. 어떻게든 나 좋은 대로만 살고 싶은 심보 탓이겠지. 겨울은 너무 추워서 못 견디겠고, 여름은 어딘가로 나서지 않고는 못 배기겠다. 그래서 겨울에는 따뜻한 여름 나라로 한 달 이상 훌쩍 떠나버렸고, 여름에는 수영을 할 수 있는 어디로든 짧게나마 떠나곤 했다.

그런데 지난 여름은 단기 여행으로는 도저히 안 되겠다 싶었던 거다. 5월의 어느 날, 보행 신호를 기다리던 나는 횡단보도 맞은편에서 불어오는 바람결에 이른 여름의 냄새를 맡았다. 숨이 턱 막혔다. 주위를 둘러보았다. 주변에 서 있는 사람들은 아무렇지 않아 보였다. 손부채질을 하거나, 미간을 찌푸리거나,

짝다리를 짚거나, 팔짱을 끼지도 않는 평온한 모습들.

'왜 벌써 여름 같지? 왜 이렇게 갈증이 나? 지금 나만 숨 막히는 거야?'

미치도록 목이 말랐다. 눈, 귀, 가슴, 갈비뼈 사이사이, 상복부 깊숙한 곳 구석구석까지 건조했다. 가능하다면 두 눈을 꺼내 청량한 푸른 물에 뽀득뽀득 씻은 다음 도로 끼워 넣고 싶었고, 폐와 심장은 산골짜기 일급수를 가득 담아 양념에 재우듯 며칠을 담가두고 싶었다. 완벽하게 정신 나간 생각이었지만 절실했다. 정수리부터 발끝까지 사하라 사막의 모래알처럼 바스스 흩날리기 일보 직전이었다. 아마 손등을 들여다봤던 것도 같다. 그새 갈라져 먼지가 되진 않았나 확인하려고.

삭막하고 건조한 나의 마음은 사실 그전부터 이미 여름이었다. 어쩌면, 언제나 내 인생은 건조했는지도 모르겠다. 앞뒤 양옆으로 달리고 달려도 황무지뿐이었고, 피어오르던 생각은 늘 흙먼지처럼 사그라들곤 했다. 저 멀리까지 물길을 내고 흘러흘러 앞으로 나아가고 싶었다. 그런데 왜 내 인생에는 한 방울의 마중물조차 없는 걸까.

갈증을 풀어야 했다. 건강한 육체에 건강한 정신이 깃드는 법. 그러니 촉촉한 육체에 촉촉한 정신이 깃들지 않겠어? 일차원적인 사고였으나 나쁘진 않을 것 같았다. 30년간의 데이터베이스에 의하면 대체로 물가에서 뒹굴 때에 물처럼 투명하고 유연한 사고를 했던 듯싶었다. 색이라면 응당 파랗고, 하얗고, 시린, 그런 색을 보고 싶었다. 아무래도 물과 가까운 곳으로 떠나야겠다고 조심스레, 그러나 단호하게 결심했다.

나를 태운 통영행 버스는 대략 4시간 30분을 묵묵히 달렸다. '인삼랜드' 휴게소에 15분 정차한 것을 빼면 제법 먼 길을 쉬지 않고 달렸다. 통영 시외버스 터미널에 내릴 때쯤이 되니 엉치뼈 부근이 뻐근하니 쑤셨다. 그 통증은 촉촉한 인생을 한 달간 빌리는 대가라고 여기기로 했다. 대가 없는 선택은 없음을 너무 잘 알아버린 까닭이다. 하룻밤 푹 자고 나면 사라질 뻐근함이 대가라면 두 번쯤 더 아파도 땡큐다. 내 인생에 없는 것을 채울 수 있다는데 그 정도쯤이야.

캐리어를 끌고 도착한 숙소는 통영 북동쪽 죽림 신도시 빌라촌에 자리한 작은 원룸이었다. 작지만 부족한 것 없이 잘 채워져 있었고, 화이트 톤으로 정갈하게 맞춘 인테리어가 제법 청결한 인상이었다. 창문을 열면 바다가 펼쳐진다거나 하는 기막힌 조망권은 없었지만 안락하고 아늑했다. 바삐 돌아다니다가 들어와 푹 쉬기에는 괜찮은 방이었다. 원룸 안 작은 침대에 털썩 누웠다. 하얗고 조그만 방. 침대에 누우니 방 전체가 한눈에 다 담겼다. 한 달 동안 머물게 될 낯선 곳. 타지에서 한 달을 지낼 때마다 느꼈던 기시감이 들었다. 마치 기억을 잃었다 깨어난 사람처럼 벌떡 일어나 사방을 둘러보면 내 안의 결핍감은 통통한 거품으로 서서히 채워졌다.

짐을 대충 풀어놓고 호스트가 알려준 해안로를 찾아 나섰다. 근처에 긴 해안로가 있다는 것이 이 숙소를 선택한 이유 중 하나이기도 했다. 빌라 1층 현관문을 열고 밖으로 나서자 오른편에서 익숙한 소금기가 느껴졌다. 잔머리를 흔드는 바람 속, 미묘한 습도. 그래, 오른쪽이다.

그렇게 오른편을 향해 걷기 시작한 지 1분도 채 되지 않아 해안로가 모습을 드러냈다. 생각한 것보다 훨씬 근사했다. 푸르다 못해 검은 바다를 옆에 끼고, 해안로는 끝없이 이어져 있었다. 계단을 내려와 좀 더 가까이 바다로 다가섰다. 긴 해안로를 따라 하얀 차양이 연이어 세워져 있었다. 내 가슴께쯤 오는 하늘색 난간에 상체를 찰싹 붙여 두 팔을 올렸다. 진짜 바다다. 바짝 다가서서 숨을 들이마시고, 뱉기를 반복했다.

구석구석. 검푸른 빛깔의 촉촉함이 구석구석 채워진다. 살갗을 베면 물처럼 투명한 혈액이 뚝뚝 떨어질 것처럼, 나는 지금 수분으로 차오르고 있다. 내가 내 손으로 만들고, 내 발로 찾아온 기회라지만 이런 환희가 다시 있을까? 통영의 바닷가에서 한 달을 살 수 있다니. 건조한 내 인생에 수분을 찾아 여기까지 왔다. 남쪽으로, 남쪽으로. 지금 여기, 경상남도 통영까지.

문득, 통영 바다의 목소리가 들렸다. 잘 왔다고. 용케도 잘 찾아왔다고.

"잘살아 보겠다고 온 건데 참 잘 왔지, 그럼!"

무엇이든지 내 편부터 들어주고 보는 외할머니처럼, 그렇게 통영 바다가 반겨준다. 바다의 말에 고개를 끄덕이는데 신기하게도 더 이상 건조함이 느껴지지 않는다. 가뭄처럼 갈라지던 내 토양이, 통영의 수분을 가득 담아 비로소 비옥한 땅이 되어가고 있었다. 그래, 어쩌면 나는, 기름지고 쓸모 있는 양질의 밭일지도 몰라. 통영에 도착한 첫날, 통영 바다 앞에서 나는 그런 생각을 했다.

통영을 상징하는 통영대교와 미수동 바다 풍경

Day 2 잘하는 거 말고, 그나마 괜찮게 하는 거

일찌감치 일어나 동네를 돌아보았다. 아직 지도 애플리케이션에 의존해서 걷다 멈추고, 걷다 멈춰야 하는 이방인이지만 서두를 필요는 없다. 오늘은 고작 둘째 날일 뿐이니까. 역시, 이런 무디고 태연한 성격에 잘 맞는 여행 스타일은 한 달 살이다. 바쁘게 찾아다니지 않아도 되고, 오늘이 아니면 내일도 있고. 하루에 한두 곳 둘러보면 육체적, 정신적으로 고루 고갈되고 마는 성향이니 한 달은 있어야지. 적합한 여행 방식을 참 잘도 찾아내 실행하고 있다는 생각이 다시 한 번 들었다.

죽림 대로변은 어딜 가나 바다와 함께다. 집 앞 해안로를 따라 길게 난 식당과 카페들이 인상 깊었다. 이곳에 산다면 사계절을 휴양지에서 사는 기분이 들 것 같다. 실제 주인들은 그게 좋을까, 불편할까 감이 오지 않는다. 다만 확실한 건 도착한 지 이튿날을 맞이하여 기분이 마냥 좋다는 것이다. 서울과 비교하니 거리가 몹시 한산하다. 조용한 바닷가 휴양지라니 황송할 따름이다.

통영의 7월은 어쩜 이리 선선할까? 작열하는 한여름 햇볕을 걱정하며 왔건만, 태풍권의 영향인지 살랑살랑 불어오는 훈풍에 바다 내음이 실렸다. 보드라운 파도처럼 몸을 감싸는 바다와 바람의 거리. 걸음걸음마다 바다에서 실려온 짠 내, 비릿한 해초 냄새, 바닷물의 습한 기운이 따라붙는 것만 같다. 바다를 바로 옆에 끼고 정처 없이 죽림을 걸었다.

숙소 주변을 탐사하며 가장 먼저 찾게 되는 동네 카페

걷는 내내 카페들이 눈에 띄었다. 한 달 동안 머물 동네를 탐사할 때 가장 눈여겨보게 되는 곳은 언제나 카페다. 프리랜서로 활동하는 내게, 카페는 언제나 가장 합리적이고 실용적인 작업 공간이다. 업무에 집중하는 시간이 곧 수입으로 직결되는 프리랜서에게 공간이 주는 힘이란 실로 크다. 내 경우에는 생활의 흔적이 덕지덕지 남아 있는 집 안에서 일하는 것이 영 힘들다. 글을 쓰다 말고 빨래를 개거나, 강의를 준비하다가 갑자기 설거지를 하거나, 뜬금없이 냉장고에 저녁거리가 있나 들여다보기도 한다. 말 그대로 공과 사가 구분되지 않는 것이다. 학창 시절 시험 기간에 꼭 방 대청소를 하는 것과 같은 이치의 딴짓이다. 일상생활의 공간에 있으면 늘 그렇다.

이와 같은 공간의 지배에 일찌감치 압도된 나는 작업을 위해 환경을 바꾸는 편이다. 같은 카페에 쭉 다니는 게 아니라 이곳저곳 떠돌아다닌다. 매일 환경을 바꾸면 기분 좋은 긴장감이 생긴다. 적당히 탄력 있는 그 긴장감을 걸치면, 아무래도 하루가 짱짱하게 돌아간다. 당연히 업무에도 긍정적이다.

그 날의 카페에 도착하면 꽤 오랜 시간 집중한다. 한 번 자리 잡은 엉덩이가 좀처럼 떨어지지 않는다. 워낙 활동성이 떨어지는 타입이라서, 역으로 이런 상황에 빛을 본다. 딴짓을 해도 한자리에 앉아서 꾸물거리며 하니, 별수 없이 금세 현실로 돌아오곤 한다. 하나를 물고 늘어지는 성격, 변함없는 방향성, 그저 버티기. 이런 건 나름 한가락을 한다고 내세울 수 있다. 본디 밋밋한 인생을 살아왔지만, 그래도 30여 년을 살아 보니 '나 이건 좀 가능해'라며 은근슬쩍 내보일 것도 찾아지기는 한다.

죽림해안로에 자리한 카페 중에는 개인이 운영하는 카페도 있고, 대기업에서 운영하는 프랜차이즈 카페도 있다. 원래 프랜차이즈 카페는 웬만해서 찾지 않는 편이다. 어느 동네를 가든 획일화된 디자인이나 메뉴도 그렇고, 새로운 인테리어나 분위기를 느끼는 재미로 카페를 찾는 내 성격상 개인이 운영하는 카페를 더 선호한다. 하지만 이번엔 달랐다. 열 번 중 한 번 갈까 말까 하는 프랜차이즈 T카페의 통유리로 내다보이는 오션뷰에 할 말을 잃었기 때문이다.

냅다 찾아 올라간 T카페의 2층은 조용했다. 가끔 가족 단위 손님들이 찾아왔지만, 서울 한복판의 카페에 비하면 믿기지 않는 밀도와 전경이었다. 새파란 빛으로 꽉 채워진 통유리를 내다보며 노트북을 펼치고서 글을 썼다. 글을 쓰다가 진전이 없을 때는 눈앞의 바다를 바라보며 생각을 정리했다. 끝을 알 수 없는 바다를 바라보고 있자니, 생각의 뿌리들이 주렁주렁 달려 올라온다. 이 뿌리들을 감자 다듬듯 살살 씻어내고, 아까운 듯 얇게만 벗겨내고, 동글동글 모 없이 깎아내야지. 야무진 살림꾼은 아니지만 오래 앉아 공들여 다듬는 건 자신 있으니까.

내가 하고 싶던 것을 조금씩 찾아가며 살다 보니 '이런 점

죽림해안로에 위치한 T카페

은 나도 쓸 만하구나' 하고 알게 된 듯싶다. 근사한 카페를 잘 찾아내고, 한 번 앉으면 오래오래 버티고, 깊고 깊은 생각의 맨 틀까지 언제 어디서든 도달할 수 있는 능력이 내겐 있다! 그게 어디에 쓸모 있냐고? 아직 잘 모른다. 다만, 이렇게 근사한 바다 옆 카페에 해 질 녘까지 꼼짝없이 앉아서 내 마음 가득한 글을 쓸 수는 있다. 세상 사람들 다 보란 듯이 빛을 뿜는 재능은 아니지만 내 안에서 소소하게 반짝이는 능력. 그 몇 가지를 손에 쥐고 유리구슬 굴리듯 빛내는 재미로 살아가면 그만인지도 모르겠다.

대단하다고 소문난 것만 재능이라고 생각하면 그게 참, 하기도 싫고 살기도 싫더라. 그렇게 사니까 왜 태어났는지도 모르겠고 왜 더 살아야 되는지도 모르겠고, 그렇게 되더라. 잘하는 거 말고, 그나마 괜찮은 걸 찾아서 하다 보면 제법 쓸모 있는 하루를 보낼 수 있는데 말이다. 그래서 나는 내가 가지고 태어난 것 중 그나마 괜찮은 것들을 추려서 되는 데까지 야무지게 활용해볼 작정이다.

+오늘의 노트 !

나 이런 건 좀 자신 있어!

나는 왜 성공하지 못했을까, 나에겐 왜 뛰어난 능력이 없을까 한탄하던 때가 있었어. 우습지? 하지만 아마 누구나 살면서 한 번쯤은 느껴보았을 거야. 무슨 일이든지 순탄하게 성취만 해본 것이 아니라면 말이야. 그런데 나는 세상이 요구하는 몇 가지 기준만을 성공의 잣대로 여기고 있었더라고. 남들이 만든 틀에 나를 무조건 맞춰야 한다고 믿은 거지. 때로는 내 모든 것을 '돈으로 환산할 수 있느냐, 아니냐'로 재단하기도 했어. 돈이 될 수 없다면 내가 하는 모든 행위가 의미 없다고 생각한 거야. 하루하루가 처참했지. 물론 세상에서 말하는 '능력'이라는 것을 갖추었다면 좋겠지. 하지만 그 능력은 맞지 않는 옷을 입은 듯 아등바등 버거워하며 살 땐 절대 찾을 수 없었어. 가벼운 마음으로, 나에 대한 애정을 가지고, 진짜 나답게 살 수 있는 방식을 고민할 때 어느새 한 발짝 그 능력과 가까워지더라. 우리 각자가 자신 있는 것부터 시작해볼래?

작가 노트

1. 괜찮은 카페를 잘 찾는다

이 능력은 사람들이 좋아할 만한 골목이나 동네를 잘 찾는 재능으로 이어지기도 해. 그래서 상대가 원하는 가게나 여행할 만한 지역을 소개해줄 수도 있어.

2. 한곳에 오랫동안 머문다

한곳에 오래 머물면 그곳의 특징이나 개성을 잘 파악할 수 있어. 비단 장소뿐만 아니라 사람도 그래. 한 번 맺은 인연은 오래 품고 오래 지켜내지. 오래 잘 머문다는 건, 꽤 아름다운 일 같아.

3. 오랜 시간 말없이 생각만 할 수 있다

가끔 외로움을 이겨내는 것이 인생에서 가장 중요한 숙제가 아닐까 생각해. 오랫동안 혼자만의 생각에 잠길 수 있다는 것은 세상을 씩씩하게 살아가는 힘이 되어주지. 혼자서 시간을 잘 보내는 사람은 다른 사람들과 함께하는 시간도 잘 꾸려나갈 수 있다는 이야기, 들어보았을 거야.

4. 생각한 것을 글로 정리하는 게 제법 쉽다

지금의 나로서는 정말 귀한 능력이지 뭐야! 사실 이조차 다른, 글 잘 쓰는 이들과 비교한 적이 많았지. '나는 이것밖에 못 쓰네. 대문호가 되긴 글렀어'라고 한탄했어. 그런데 대문호가 안 되는 게 뭐 어때? 내 생각을 글로 정리할 수 있고, 내 글을 읽은 사람 중 단 한 명이라도 공감해주면 그만이야. 세월이 갈수록 글에 깊이가 더해진다면 당연히 더 행복하겠지.

5. 시작한 일은 지겹고 어려워도 끝까지 해낸다

답답하고 느리고 무딘 나를 보며 가족이나 선생님은 늘 속이 터진다고 말했어. 요즘 같은 세상에선 빠르게 적응하고 새로운 걸 재빨리 찾아내는 게 능력이라잖아. 그런데 빠르고 민첩한 능력이라는 건 내 영향력 밖의 일이라고. 남들이 전광석화로 달려나갈 때 나는 이 자리를 지킬 거야. 모진 비바람이 불어도 닳지 않는 나로 있을 거야. 이런 쇠고집도 다 어딘가에 쓸데가 있겠지.

나의 노트:

Day 3 생각을 했다면 써먹어보자

타고난 성향 자체가 행동보다는 생각에 몰두하는 편. 내가 아는, 믿고 있는 나의 성향이다. 어쩌면 이를 방패 삼아 '나는 이런 사람이니까 느리게 갈 거야'라고 합리화하며 살았는지도 모른다.

늦은 저녁, 한남대교 위를 달리는 간선버스 위에서 난데없는 소름이 돋았다. 지금 내 모습이 10년 전 모습과 한 치의 오차도 없이 똑같았기 때문이다. 세상과 나를 차단이라도 하려는 듯 언제나 내 귀에 박혀 있는 이어폰, 이어폰에서 흘러나오는 음악, 빠르게 달리는 차창 밖으로 펼쳐지는 서울 풍경, 아무 방해도 받고 싶지 않아서 맨 뒷자리 바로 앞 1인석에 앉은 나.

나는 목적지까지 가는 데에 시간이 오래 걸리더라도 버스 타는 것을 좋아한다. 지하철역을 한 번만 환승하면 버스로 가는 것보다 15분 가까이 절약할 수 있다. 또 버스를 고집하다가 도로 사정에 따라 막혀서 더욱 지체되는 경우도 허다하다. 그렇다 해도 나는 굳이 버스를 택한다. 이유는 단순하다. 시간을 버리더라도 버스에 기대 음악을 들으며 풍경을 바라보고 멍하니 있는 시간이 좋다. 세상에는 자투리 시간을 이용해 영어 단어를 외우는 사람, 유튜브를 보는 사람, 웹 소설을 읽는 사람 등 다양한 부류가 있다. 나는 자투리 시간을 이용해 '생각'을 하는 사람인 것이다.

나에게만 들리는 비지엠BGM과 멀찍이서 보이는 서울 풍경이 어우러져 마치 내가 영화 속 주인공이 된 듯한 망상에 잠기게 한다. 가만히 이런저런 생각을 풀어간다. 어제 있던 일을 곱씹으며 새로운 스토리로 각색해보기도 하고, 멀리 아른거리는 주택가 불빛을 보며 그 아래 나와 다른 삶을 살아가고 있을 누군가를 떠올리기도 한다. 그러다 보면 현실을 잊게 되고, 이 세상에는 나와 음악과 풍경만이 남는다. 그 차단된 세계가 좋았다.

성향이라는 명목 아래 10년이 지나 돌아본 내 모습은 너무나도 그대로였다. 달리는 144번 버스 안에서, 나는 좌석 등받이에 늘어져 있던 내 등을 번뜩 일으켜 앉고 말았다.

'나 정말 이대로도 괜찮은 걸까.'

오래전부터 이미 무의식이 알고 있던 그 정답은, '괜찮지 않다'였다. 누군가는 말한다. 네 모습 그대로 이미 충분한 존재라고, 바꾸지 않으려 해도 된다고. 그런 말을 좋아했다. 빠르게 발전하고, 치열하게 이겨나가야 하는 이 세상에서 나의 자리는 없었으니까. 나는 분투해서 이루어낼 자신이 없었다. 언제나 내 모습에 안주하고 싶었고, 변함없는 내 모습 그대로를 누군가 먼저 다가와 인정해주길, 늘 기다리고 있었다. 아주 수동적인 모습으로. 동시에 스스로 치열하게 고민하고 끝내 해결책을 찾은 자들을 부러워하고 있었다. 마음 한구석에서는 늘 그들을 질투했다.

'나도 세상 밖으로 나가고 싶어. 나도 잘할 수 있어.'

목 끝까지 기어 올라오고야 마는 그 생각들을 꾹꾹 눌러 단전까지 다시 내려보내곤 했다. 항상 고여 있어야 하는 내 성향과는 어울리지 않는 생각이니까. 나는 생각 안에 머물러야 하니까.

물론, 아직도 치열하고 각박하게 살아나갈 자신은 없다. 그럴 깜냥이 못 된다. 나는 그저 남들보다 조금 느리고, 게으르고, 툭하면 생각에 잠겨 전원이 꺼지는 망상가일 뿐이다. 심지어 꺼진 본체를 다시 켜려면 시간도 굉장히 오래 걸리는 편이다. 무얼 하든 남들보다 시간이 두 배는 더 필요하다.

그러나 그날, 144번 버스 안에서 결심한 것이다. 이러이러해서 못 하니까, 저러저러해서 안 되니까, 난 남들과 다르니까, 라는 생각은 그만 접기로. 합리화는 접고 새로운 페이지를 펼치기로 했다. 버린다기보다 '잘' 쓰기로. 기왕 이렇게 태어난 김에, 이런 나를 잘 달래서 유용하게 써보자고 말이다.

그때부터 내 생각을 글로 풀기 시작했다. 처음에는 그저 혼자 썼을 뿐이다. 다음 날이면 어디에도 남지 않고 기화되는 생각들을 두고두고 열어볼 수 있는 글로 정리한 것이다. 그렇게 꾸준히 글을 남기다 보니 나만 그대로 멈춰 있다는 기분에서 조금은 자유로워졌다. 꼭 재화로 연결되는 일이 아니더라도 내가 나와 정한 약속을 정직하게 지켜간다는 점에서 자아 신뢰의 근육이 조금씩 단련되었다.

이후 나는 책을 출간하여 작가가 되었고, 나와 비슷한 감정을 가지고 살아가는 이들에게 출간 관련 수업을 하는 강사로도 활동하게 되었다. 내 생각을 글로 풀어내는 작업을 꾸준히 하다 보니 오래 글을 쓸 수 있는 공간이 필요했고 자연스럽게 머물면 행복해지는 장소를 찾게 되었다. 그렇게 해서 여기 통영까지 내려와 바다와 함께 지내게 된 것이다.

통영행은 역시나 최고의 선택이었다. 딱딱하게 굳어가던 뇌가 바다의 기운을 잔뜩 머금고 탱탱해졌으니까! 말랐던 머릿속 저장고에 물이 차오르면 생각도 하얀 파도 거품처럼 풍성해진다. 가득 밀려오는 생각을 쉴 새 없이 글로 옮길 수 있으니 내 하루는 얼마나 충만한가!

여전히 한 시간 일하면 세 시간 멍하니 생각하는 시간을 가져야 하고, 계산을 해야 하거나 숫자를 논하게 되면 바보가 되는 나지만, 10년 전의 나와는 이제 다르게 살고 있다. 과거에는 내가 싫었다. 오랜 시간 '생각'에 골몰하는 게 도대체 무슨 필요가 있느냐고, 그런 게 무슨 재능이냐고 신에게 따져 묻고 싶었다. 다시 태어나고 싶었다.

지금은 10년 전 144번 버스 안에서 멍하니 생각에 잠겨 있던 나를 찾아가 그동안 고생했다고, 덕분에 내가 글을 쓴다고, 처진 어깨를 꼭 안아주고 싶다.

바다의 기운을 몸속 구석구석에 채워 넣은 통영에서의 한 달

Day 4 제발 질투와 시기심을 가져가주세요

그런 글을 읽은 적이 있다.

"남이 잘됐을 때 진심으로 축하해주세요. 진심으로 축하할 줄 알면, 그 운이 그대로 나에게 옵니다."

한참 '믿는 대로 현실이 된다' 류의 자기계발서에 빠져 있을 때의 일이다. 그 글귀를 읽고 무던히 노력했다. 남을 진심으로 축하해주기 위해서. 그 노력의 이면에 '나도 잘되고 말 거야'라는 심리가 굳건히 자리 잡고 있었음은 말할 것도 없다.

솔직히 말하면 그 노력은 한 번도 성공한 적이 없었다. 가슴에 손을 얹고 고백하건데 나는, 남이 잘되면 늘 부럽고 또 조금은 두렵다. 저마다 꽃이 피는 시기는 다르다지만 혹시 나란 존재는 꽃을 절대 피울 수 없는 척박한 땅이 아닐까 하며 불안해한다. 부러움이 잘 보이는 안경이라도 쓴 듯 타인의 성공이나 성취만 커다랗게 보인다. 물론 한 가지 예외의 상황이 있다. 내가 잘되고 있을 때. 그럴 때는 참 자애롭고 너그러운 마음으로 축하의 말을 잘도 건넨다. 쓰고 보니 놀부 심보가 따로 없다. 하지만 분별하기도 전에 일어나는 마음이라서 나도 어쩔 수 없다.

통영에 내려온 지도 나흘째. 서울을 떠나 남쪽으로 내려오면 꼬질꼬질하게 때가 탄 내 껍질도 홀랑 벗겨질 줄 알았다. 한 달 살이가 처음도 아닌데, 떠날 때마다 그런 착각을 한다. 새로운 곳으로 떠나면 모든 고민이 해결될 것만 같다는 착각. 낯선 도시에 한 달을 머문다 한들 크게 달라지지 않는다. 그보단 케케 묵은 나의 때를 직시해야만 비로소 조금의 변화가 생긴다.

몸은 통영에 있지만, 내 마음은 서울에 남아 다른 이들의 근황에 촉각을 곤두세우고 있다. 통영에 내려오기 전 들었던 지인의 온라인 마켓 성공담, 내가 꼭 듣고 싶던 찬사를 듣고 있는 다른 작가, 누군가 나와 내 친구를 비교하며 내 친구를 더 추켜세웠던 에피소드. 이것들을 어째서 이 아름다운 남쪽 마을까지 질질 끌고 내려와 시리도록 푸른 바다 앞에 서서 곱씹고 있는가!

내 질투와 시기심은 남부럽지 않다. 어릴 때부터 누군가에게 지거나, 어떤 이와 상대적으로 비교를 당한 날은 며칠간 잠이 오질 않았다. 고등학생 시절에는 그럴 때마다 친한 친구에게 농담 반 진담 반을 섞어 귓속말을 했다.

"나 쟤한테 꼭 복수하고 말 거야!"

유행어처럼 달고 산 이 말을 들을 때면 친구는 "또 시작이네." 하며 놀렸다. 친구를 따라 웃는 내 얼굴 뒤로 표독스러운 심산이 가득했다. 하지만 독하고 똑 부러진 구석은 또 없어서 악바리처럼 쟁취해내지도 못했다. 늘 부글거리는 질투를 가슴속 가득 품고 혼자서 조용히 이를 아드득아드득 가는 게 내가 할 수 있는 전부였다.

나이를 먹으며 만난 사람들은 정말 능수능란했다. 질투와 시기심에 흔들리는 사람은 어쩐지 나뿐인 것 같았다. 누군가가 잘되면 나를 뺀 모두가 초롱꽃처럼 환한 얼굴로 "축하해!"를 외쳤다. 얼굴도 예쁘고 돈도 많은 친구는, "듣기만 해도 내가 다 행복하다"라는 식의 천사 같은 말을 뱉곤 했다. 못날 대로 못난 나는 심지어 그 친구까지 미워했던 기억이 난다. 그 누구에게도 말하지 못했던 사실이다. 내 얼굴에 침 뱉는 이야기 같아서, 이 이야기를 들은 사람이 나를 믿지 못할 것 같아서다. 그렇게 나는 묵직한 비밀을 가슴속에 꾹꾹 눌러놓고 살았다. 고등학생 시절처럼 복수를 운운하며 농담하는 것도 이젠 눈치가 보였다.

나이를 먹을수록 내 질투와 시기심이 날 선 흉기같이 느껴졌다. 범행 현장과 500미터 떨어진 곳에 신문지로 대충 감싸 버려진 그것처럼, 나는 늘 부랴부랴 엉성하게 내 질투와 시기심을 감추기에 급급했다. 질투, 그리고 시기심. 이 두 단어는 30대가 된 나에게는 명백히 '나쁜' 단어로 느껴졌기 때문이다. 나이가 들면서 다른 사람들의 처지를 조금은 폭넓게 이해하게 되었고, 모두에게 각자의 사정이 있다는 사실을 알게 되었다. 내가 그저 부러워하는 누군가의 성취가 그 당사자에게는 뼈를 깎는 노고였음을, 한 살 한 살 먹을수록 알 수밖에 없었다. 그럼에도 불구하고 질투와 시기심은 나와 아주 단단하게 엮여 쉽사리 떨칠 수 없었다.

한가위 보름달 밑에서 '로맨틱한 연애하게 해주세요!', '더 예뻐지게 해주세요!', '어디서 천만 원만 떨어지게 해주세요!' 따위의 소원을 빌던 20대의 나는, 30대가 되자 다른 소원을 빌기 시작했다.

“제발 저에게서 질투와 시기심 좀 가져가주세요!”

하지만 달님은 너무 간절한 소원은 들어주지 않는 모양이다. 과거의 소원이 그랬듯, 이 소원도 결국 이뤄지지 않았다. 그래서 대대적인 결심을 하기에 이르렀다. 질투와 시기심을 잘 거둬 키우기로. 키우고 싶어서 키우는 건 아니다. 진짜 안 키우고 싶은데 어쩔 수가 없어서 키우는 입장이다. 울며 겨자 먹기로 키우다 보니 또 그런대로 다루는 법을 익혀가고 있는 것 같기도 하다.

질투와 시기심에 글을 썼고, 책도 냈고, 운동해서 몸을 만들고, 돈 벌겠다고 강의도 하니, 뭐 그럭저럭 녀석들을 억지로 키운 것치고는 나름대로 얻은 것도 있는 셈이다. 그럼에도 예쁘고 잘난 그 친구처럼 “어머, 네 성공이 내 성공처럼 행복하다!”라고 웃으며 말할 수 있는 날이 언젠가는 왔으면 하고 여전히 바란다. 글쎄, 그게 죽기 전에 가능할까?

스스로를 다루는 방법을 알아가는 사색의 시간

Day 5 세상의 모든 색깔

_ 동피랑 마을

오랜만에 일정을 짰다. 그동안은 그저 한량처럼 죽림 해안로를 거닐고 떠돌았다면, 오늘은 비로소 통영의 명소들을 좀 둘러보기로 한 것이다. 제일 처음 가보고 싶었던 곳은 동피랑 마을. 동피랑은 '동쪽 벼랑'이라는 뜻의 통영 사투리라고 한다. 그저 동피랑 서피랑 말만 들어봤지, '피랑'이 '벼랑'인 줄은 몰랐다. 못 말리는 '분위기파'인 나는 이렇게 이름의 유래가 예쁘거나, 아름다운 전설이 있다고 하면 가보기도 전부터 마음을 홀랑 내주고 만다.

동피랑 하면 머릿속에 떠오르는 그림이 있었다. 어쩐지 물빛이 더 새파랄 것만 같았고, 곳곳이 한층 더 알록달록할 것 같았다. 사전 정보 없이 이름에서 떠오르는 느낌을 그렸을 뿐인데 검색했더니 동피랑 마을은 예상대로 더없이 푸르고, 다채로운 곳이었다. 마을에서 내려다보이는 통영항과 팔레트처럼 다양한 색깔을 입고 있는 골목의 벽화들은 어쩜, 이름같이 '동피랑'스러웠다.

동피랑 마을을 가기 위해서는 통영의 대표 시장인 중앙시장을 지나야 해서 졸지에 일정에 없던 중앙시장까지 들렀다. 다음에 다시 오리라 마음먹고서 꼼꼼히 둘러보진 않았지만. 금방이라도 발목을 잡을 듯 바닥까지 늘어져 있는 갈치 꼬리와, 순식간에 뛰어오를 듯 접시에서 거친 숨을 몰아쉬는 팔뚝만 한 물고기들이 어촌 마을 재래시장의 진면목을 보여주었다.

동피랑 마을에 오르기 전, 초입에 자리한 카페에 들렀다. 소

인기 많은 감성 카페 포지티브즈 통영

셜네트워크서비스SNS에서 유명한 곳이라 오래 대기했다가 들어갈 수 있다고 들었는데 평일 낮에 와서인지 제법 한산했다. 요즘 인기 있는 카페가 흔히 그렇듯이 정원에서부터 사진 스폿이 쏠쏠했다. 통영 동피랑 마을에 이렇게 힙하고 트렌디한 카페가 있을 거라고는 예상하지 못했다. 비탈에 세워진 마을이므로 소위 달동네가 아니었을까 싶었던 것이다. 이것도 편견이라면 편견일까? 요즘 스타일의 카페라고는 없지 않을까 생각한 게 멋쩍었다.

누가 뭐라 해도 동피랑 마을은 통영의 대표 관광지다. 내가 들른 카페 말고도 동피랑에는 한 집 건너 한 집마다 카페였다. 이렇게나 많은 카페가 필요할까 의문이 들 정도였다. 그만큼 타지 사람들이 많이 찾는다는 의미겠지. 그런데 동피랑 마을 토박이들의 심정은 어떨까? 불과 20여 년 전만 하더라도 철거해야 한다며 찬밥 신세 당하기 일쑤이던 동네의 현재 속내가 궁금해졌다.

카페를 지나 계단을 오르고, 그렇게 언덕을 올라 들어선 동피랑 마을은 형형색색 벽화들을 가득 품고 있었다. 전국 각지에서 온 미술학도들이 온 마음과 정성을 다해 그린 벽화들이 마을을 소담스레 채우고 있었다. 인터넷에서 검색해본 이미지보다 더 생기 있어 보였다. 동피랑이라고 발음할 때 울리는 소리마냥 낭랑한 풍경이었다. 한편으론 어쩐지 강단 있어 보이는 인상이기도 했다. 알록달록 귀여운 옷을 입었지만, 웬만한 사람은 다 겪어봐서 생활력이 강해 보이는 느낌이랄까. 그만큼 내공이 탄탄해 보이는 곳이었다.

이제 막 동네에 들어섰는데 강렬한 여름 볕에 등짝이 금방 축축해졌다. 아직 반도 오르지 않았건만 숨이 차고 정수리가 뜨끈뜨끈했다. 지친 몸을 달래주기라도 하듯이 초입부터 새파란 통영 앞바다가 내려다보였다. 오밀조밀 블록 같은 집들과 배들이 모여 있는 강구항이었다. 산과 마을로 둘러싸인 통영 바다만의 매력이 생생히 전해지는 풍경이었다.

이곳에 살면서 물이며 생필품이며 이고 지고 올라 다녔을 그 옛날 달동네 사람들을 그려보았다. 그들에게 이 푸른 바다 풍경은 위로였을까, 벗어나고픈 삶의 굴레였을까. 그런 생각을 하고 있는데 때마침 사이좋아 보이는 커플이 강구항을 배경으로 사진을 찍으려고 포즈를 취했다. 동피랑 사람들의 고된 삶을 역사로 품은 이곳은 이제 많은 사람에게 여행의 설렘과 감동을 주는 곱고 상냥한 관광지가 되어 있었다.

이런저런 생각을 하는 동시에, 벽화의 사랑스러움을 담으려고 연신 셔터를 눌러대며 마을 꼭대기에 자리한 동포루까지 올랐다. 마루에 앉으니 시원한 바람이 불어와 목뒤에 들러붙은 머리칼을 살살 날려주었다. 누각 아래서 내려다보니 풍경의 채도가 더욱 높은 듯했다. 올라오며 보았던 벽화의 색깔들은 멀리 보이는 바다, 집들의 지붕, 항구의 배, 무성한 나무와 산에도 숨어 있었다. 이곳이 관광객들을 위해 급조된 마을이었다면 이처럼 다

동피랑 마을의 예쁜 벽화들

채로운 색감을 느낄 수 없었을 것이다. 무릇 시각視覺은 생각에 따라 민감하게 좌우되는 감각이니까.

동포루에 올라서도 사람들은 열심히 기념사진을 찍었다. 저마다 정말 즐거워 보였다. 동피랑 마을은 들어서는 모든 사람에게 공평한 미소를 주는구나. 품에 안은 모든 이를 웃게 하는 그 마음은 얼마나 클까? 찾아오는 모두가 설렘을 가득 품고 온다면, 그 삶은 얼마나 값진 삶일까? 오랜 세월 애환과, 수많은 멸시와, 다시 새로운 변화를 거쳐 모든 이들의 웃음이 되기까지 그곳은 어떤 이야기를 품게 되었을까? 찾는 이들의 이야기를 오롯이 들어주기만 했을 그곳, 그곳의 이야기를 누군가가 들어준 적은 있을까? 동포루에서의 휴식을 마치고 내려오며 그곳이 수십, 아니 수백 년간 쌓아왔을 이야기가 궁금해졌다.

항상 남의 이야기를 들어만 주다가 정작 내 이야기가 하고 싶을 때는 갈 곳을 잃는 스스로가 떠올라서였을까. 동피랑 마을은 "너는 하고 싶은 이야기 없니?"라고 물어보아도 허허 웃으며 "그런 거 없어"라고 대답할 것 같았다. 듣기만 하는 이들은 언제나 자기를 맘에 두고 신경 써주는 것만으로도 고마워하니까. 누군가는 미련하다고, 답답하다고 할지도 모르지만. 동피랑 마을에서 내려와 중앙시장에 다다랐을 때, 어쩐지 나는 동피랑 마을처럼 살고 싶다고 생각했다.

동포루에서 바라본 통영의 모습

동피랑 마을의 어느 벽면에 써 있는 시

+시크릿 페이지 1

인생 미션을 찾기 위한 '비밀 통영 여행 코스'

1. 나의 한계를 시험해볼까? 지구력과 근력은 필수!

+ 미륵산 등반

미륵산은 명실상부 통영을 대표하는 산. 산림청이 지정한 '100대 명산'에 든 이력이 있을 정도로 경치가 일품이다. 통영에서 제일 높은 산은 벽방산이지만, 미륵산 정상에서 바라보는 한려해상국립공원의 다도해 풍경 하나로 통영을 대표하는 산이 되었다. 걸어서 정상까지 오르는 네반 두 시간 정도가 걸리니 쉬운 길은 아니다. 하지만 국내에서 이러한 풍경을 누리며 오를 수 있는 산은 몇 곳 되지 않는다고 하니, 등산과 조망을 한 번에 할 수 있는 미륵산은 꼭 방문하자. 천년 고찰로 불리는 용화사의 고즈넉한 기운까지 담아오는 걸 추천한다. 용화사는 통영의 사찰 중 유일하게 템플 스테이가 가능한 곳이다.

+ 섬 트레킹

섬 트레킹의 매력에 한 번 빠지면 국내 섬이란 섬의 둘레길은 모두 트레킹하리라 마음먹게 될 정도로 그 중독성이 대단하다고 한다. 이미 섬 트레킹에 사로잡힌 상태라면 통영 한 달 살이는 귀가 아주 솔깃해지는 여행일 것이다. 밤하늘의 반짝이는 별처럼 통영 앞바다를 수놓은 섬들을 두루 둘러볼 절호의 기회이기 때문이다. 통영에 한 달이나 머문다면, 꽤나 많은 섬을 트레킹할 수 있을 터. 어떤 섬을 탐방할지는 본인의 선택이다.

- 욕지면: 욕지도, 연화도, 우도, 노대도, 두미도
- 사량면: 사량도 상도, 사량도 하도, 수우도
- 한산면: 한산도, 추봉도, 비진도, 장사도, 매물도, 소매물도
- 산양읍: 연대도, 만지도, 학림도, 송도, 저도, 곤리도

+ 스카이라인 루지

통영의 루지는 레저를 즐기는 이들에게 큰 인기를 얻고 있는 통영 대표 관광 상품이다. 통영 여행을 잔잔히 마무리하는 것이 조금 아쉽다면 단연 루지를 추천한다. 겨울 스포츠로 유명한 루지는 손잡이가 높게 솟아 있는 썰매 형태로 슬라이드와 흡사하다. 코스가 4개나 있어 취향껏 즐길 수 있다. 기다리는 시간에 비해 내려오는 시간은 5분 내외로 몹시 짧게 느껴지지만, 통영에서 이만한 스릴과 재미를 느낄 거리는 스카이라인 루지가 유일하다.

주소: 경상남도 통영시 발개로 178

전화: 1522 - 2468

2. 하루쯤은 나도 여느 예술가처럼

+ 전혁림미술관

통영을 대표하는 예술가, 전혁림. 그가 1975년부터 30년 가까이 생활하던 집을 미술관으로 개조한 곳이 전혁림 미술관이다. 이곳을 미술관으로 설계하고 건축까지 한 이는 전혁림 화백의 아들인 전영근 화백. 역시 예술가의 피는 숨길 수 없는 듯하다. 이 미술관은 모던하고 딱 떨어지는 느낌의 여타 미술관들과는 달리, 통영 바다와 같은 생동감이 있다. 통영의 바다색을 닮은 코발트블루를 자유롭게 다루는 전혁림 화백에게는 '바다의 화가', '색채의 마술사'와 같은 칭호가 늘 따른다. 미수동의 통영대교 다리에도 전 화백의 그림이 그려져 있다.

주소: 경상남도 통영시 봉수1길 10
전화: 055-645-7349

+ 봄날의책방

출판사 '남해의봄날'에서 운영하는 작은 동네 책방. 전혁림미술관 바로 옆에 자리해 있어 전혁림미술관과 같은 날 들르면 좋다. 독립 서점이라는 개념이 낯설던 2014년부터 일찌감치 이곳 통영에 터를 튼 책방이다. 통영이 좋아 서울에서 내려와 정착한 부부가 만든 곳으로, 지금은 관광지로 유명해졌지만 사실은 뼛속까지 지역민을 위해 만든 책방이다. 직원도 지역에서 나고 자란 지역민 위주로 채용하고 있다고. 이렇게 작은 동네 책방이 유명해진 데에는 아기자기하고 감각적인 공간 구성과 특별한 큐레이션에 있다. 통영 봉숫골 자그마한 동네 책방에서 우연히 만난, 소중한 책 한 권을 가슴에 품고 나올 당신을 기대한다.

주소: 경상남도 통영시 봉수1길 6-1
전화: 070-7795-0531

+ 통영국제음악당

시내에서 조금 벗어난 도남동에 위치해서인지 아직 관광객들의 발길이 더딘 곳. 하지만 외관의 위용만큼은 입이 떡 벌어진다. 한적한 언덕배기에 보란 듯이 웅장한 모습으로 바다를 향하여 떡 버티고 서 있다. 여름에는 '재즈 웨이브'라고 하는 야외 재즈 공연을 선보이며 꿀 같은 맥주와 바비큐도 함께 즐길 수 있다. 통영이 소도시라고 해서 연주의 퀄리티를 얕잡아봐서는 안 된다. 통영 바다를 바라보며 듣는 한여름 밤의 재즈는 순식간에 다른 세상으로 이끌어준다. 3월에는 통영이 낳은 세계적인 거장 윤이상을 기념하여 열리는 통영국제음악제가 열린다. 외국인들도 일부러 찾아올 정도로 음악계에서는 이미 명성 있는 음악제이다. 어느 계절에 방문하더라도 이국적인 남해와 감미로운 선율의 클래식을 감상할 수 있으니, 당신 안에 잠든 예술적 감수성을 깨우고 싶다면 꼭 방문해보자.

주소: 경상남도 통영시 큰발개1길 38

전화: 055-650-0400

3. 힙스터들이 모이는 데는 그만의 이유가 있다

+ 카페 배양장

멍게를 양식장에 넣기 전에 그 크기를 인위적으로 키우는 작업을 하는 곳이 배양장이다. 풍화리 함박마을에 있는 멍게 배양장을 개조해 카페로 만든 카페 배양장. 시내와는 까마득하게 멀고, 카페가 아니라면 통영 여행 중에 굳이 찾아갈 이유가 없을 듯한 동네. 그런데 깊숙한 시골 마을에 위치해 있는 이 카페가 각종 매스컴에 소개될 만큼 사람들의 눈길을 사로잡고 있다. 카페 배양장은 현재 통영에서 가장 '힙'하다고 말할 수 있는 카페다. 통영을 찾는 2030의 젊은이들은 이곳을 방문 일순위로 계획할 정도라고 하니, 가히 힙스터 집결지라고 할 수 있겠다.

자연스럽게 드러난 낡고 거친 골조에는 과거 배양장이던 시절의 흔적이 고스란히 남아 젊은이들이 좋아하는 '뉴트로' 느낌이 가득하다. 동시에 색감은 최대한 배제하여 매우 세련되고 모던한 분위기다. 넓은 내부와 '최후의 만찬'을 연상케하는 거대하고 기다란 철제 테이블 역시 인상적이다. 루프톱에서 내려다보는 통영 바다가 황홀한 색감을 자랑한다. '요즘 사람들'이 좋아하는 것은 다 갖춘 카페계의 어벤져스다.

주소: 경상남도 통영시 산양읍 함박길 51

전화: 010-4406-6330

+ 삼문당 커피컴퍼니

통영에서 제대로 로스팅한 커피를 맛보고 싶다면 '삼문당 커피컴퍼니'를 추천한다. 커피를 잘 아는 이들은 통영에서 커피가 제일 맛있는 카페로 대부분 삼문당을 꼽는다고. 그래서인지 외지인들이 아닌 통영 현지 젊은이들에게 가장 힙한 카페는 삼문당 커피 컴퍼니라는 이야기도 있다. 내부 인테리어는 적당한 빈티지, 적당한 심플함이 섞인 느낌. 두 분위기가 공존하며 지켜야 할 선은 넘지 않는 느낌이랄까. 카페 맞은편에는 세병관이 자리하는데, 2층 루프톱에 오르면 세병관의 고아한 풍경을 마주할 수 있다. 좋은 실력을 갖춘 것은 물론이고 분위기까지 훌륭한 곳이다.

주소: 경상남도 통영시 중앙로 168 2층

전화: 055-645-9092

+ 미스티크

강자는 쉬이 사라지지 않는다는 진리를 몸소 증명하듯 통영 대표 카페로 건실하게 살아남은 곳. 미스티크에 앉아 바다를 보며 커피를 마시기 위해 통영까지 가는 이들이 있을 정도다. 두 건물로 나뉘어 카페와 풀빌라 펜션을 겸하고 있다. 이국적이면서도 예술적인 외관은 미스티크가 단순히 '바다 뷰 카페'로만 치부될 수 없음을 보여준다. 아니나 다를까, 2017년 경남 건축대상제에서 대상을 수상했다고. 작품을 바라보는 마음으로 방문해도 충분할 만큼 아름다운 공간이다. 미스티크가 위치한 산양일주로는 절경을 자랑하는 통영의 드라이브 코스이기도 하니, 비현실적 풍경 속에 자리한 미스티크를 꼭 만나보자.

주소: 경상남도 통영시 산양읍 산양일주로 1215-52

전화: 010-5372-9046

+ 삼도수군통제영과 세병관

통영 문화동의 세병로에 자리한 삼도수군통제영과 세병관은 통영의 역사를 이해하기에 가장 알맞은 유적지이다. 삼도수군통제영은 충청, 전라, 경상의 수군을 총지휘하던 통제사의 본영이다. 그렇기에 수백 척의 전함과 수만여 명의 수군이 주둔하던 군사 도시 통영의 태생을 이해하기에 적합한 장소. 지금의 삼도수군통제영은 2000년대에 들어서 통영시에 의해 복원된 건물이다.

객사인 세병관은 1605년에 세워진 이래 그 자리에 계속 남아 있으며, 통제영 내 가장 높은 자리에 있어 그 위용이 객을 압도한다. 세병관의 현판은 국내에서 가장 큰 것으로 알려져 있기도 하다. 세병관 옆 산책로, 400년 된 은행나무, 정자에서 내려다보는 통영 앞바다 역시 놓칠 수 없는 관전 포인트. 통제영 정자에 올라 통영 바다를 하염없이 내려다보고 있으면, 과거 조선 시대 통제사의 시점이 마음에 겹쳐지는 듯도 하다.

주소: 경상남도 통영시 세병로 27

전화: 055-645-3805

+ 통영시립박물관

여행지에서 박물관을 찾는 것이 언제부턴가 진부하게 느껴지기도 한다. 아마, 학창 시절 견학이나 역사 기행의 후유증이 아닐까? 어릴 때의 여행이란 자유의지에 따른 것이 아니었기에 더더욱 불만스러운 기억으로 남았는지도 모르겠다. 하지만 '여행이란 무릇 배움이지!'라고 생각해온 이라면 여행지의 역사와 문화를 학습하기에 안성맞춤인 현지의 대표 박물관을 찾는 것도 좋은 경험이 될 터. 통영 도천동에 위치한 통영시립박물관은 통제영 12공방 시절부터 내려온 통영 땅의 예술 감각을 고스란히 느끼기에 적합한 곳이다. 지금 봐도 아름답고 우아한 공예품들을 보는 재미가 쏠쏠하다. 옛 통영군청으로 쓰이던 박물관

건물도 레트로 감성을 느끼기에 적격.

주소: 경남 통영시 중앙로 65

전화: 055-646-8371

+ 당포성지

통영 바닷길의 역사가 고스란히 느껴지는 당포성은 고려 공민왕 때 최영 장군이 백성들과 힘을 합하여 쌓은 성이다. 이후 임진왜란 당시 왜적들에게 점령당했으나 이순신 장군이 당포해전에서 승리를 거두며 되찾는다. 자연석을 이용해 2단의 기단을 형성한 고려 시대와 조선 시대의 건축 방법도 살펴볼 수 있다. 아무것도 모르고 보면 탁 트인 바다 조망이 전부인 유원지처럼 느껴지지만, 역사를 알고 보면 성벽의 주춧돌 하나도 특별하게 보인다.

당포성지에 가려면 당포마을과 당포항을 거쳐야 한다. 아기자기한 벽화마을과 꾸밈없이 산뜻한 당포항을 산책하는 것도 아주 좋은 코스. 당포항은 삼덕항으로 더 유명한데, 욕지도와 연화도로 이동하는 배들이 수시로 드나든다. 근처 달아공원의 일몰은 통영 최고의 일몰 명소로 널리 알려져 있으니 그 또한 참고하시길!

주소: 경남 통영시 산양읍 삼덕리

전화: 055-650-4583

Day 6 곧 죽어도 '분위기파'

_ 통영시립충무도서관

가벼운 캔버스 재질의 하얀색 에코 백을 오른쪽 어깨에 달랑 메고 숙소를 나섰다. 오늘의 목적지는 숙소에서 5분 거리에 있는 통영시립충무도서관. 한 달간 머물 숙소 바로 옆에 도서관이 있다는 것은 축복이다. 노트북을 들고 가서 글을 쓰기에 좋고, 글을 쓰다가 머리가 복잡해질 때는 과감히 접고 서가로 눈을 돌리기에도 좋으니까. 무엇보다 도서관은 오래 앉아서 죽치고 있어도 부담이 없다.

통영시립충무도서관은 바로 앞에 바다를 두고 있다. 며칠 전 밤 산책을 하며 슬렁슬렁 도서관 앞까지 가보았다. 깜깜해서 바다를 제대로 보지 못했지만 총총 떠 있는 가로등 빛이 물에 반사되어 일렁이는 것을 보며 '대략 저쯤에 바다가 있는 모양이다'라고 생각했다. 다음 날 아침 다시 나와서 보니, 세상에 무슨 리조트에라도 온 듯 탁 트인 바다 전경이 도서관 바로 앞에 펼쳐져 있는 것이었다. 매일 이런 풍경을 보며 책을 읽으면 어떨까? 결국엔 무덤덤해지려나? 이렇게 아름다운 풍경도 언젠가는 평범한 일상이 될 수 있다는 것이 믿기지 않았다.

본격적으로 그 기막힌 풍광의 도서관을 이용해볼 작정으로 나섰다. 노트북을 이고 갔으나 휴게실에서만 사용할 수 있었다. 열람실에서는 아무래도 키보드 치는 소리가 시끄러울 테니까. 그 생각을 미처 하지 못했다니. 열람실 왼쪽으로 컴퓨터실이 따로 있어서 간단한 검색은 가능했다. 휴게실에는 간이 의자가 놓였

통영시립도서관 열람실에서 바라본 바다 마을의 풍경

는데 불편해서 오래 노트북을 쓰기에는 무리였다. 하지만 휴게실에서 내다보이는 그 풍경이 또 그림이었다. 잠깐만 보기에는 아쉬워 괜히 자판기에서 음료수를 뽑은 다음 조금 더 앉아 있었다.

열람실로 돌아오니 평일 낮인데도 제법 많은 주민이 책을 읽고 있었다. 자격증 공부를 하는 사람도 있었고, 무협 소설을 읽는 사람도 있었고, 바다가 보이는 창가에 앉아 시집을 읽는 사람도 있었다. 집 앞을 나온 편한 옷차림에 비현실적인 바다 풍경을 두고, 제각각의 세계에 빠져 있는 모습이 좋았다. 나도 근처에 사는 주민인 양, 서가에서 고른 책을 한 권 들고 빈자리를 찾아 앉았다.

솔직히 통영시립충무도서관은 책에 취하기 좋은 장소는 아니다. 책보다는 풍경에 빠져 책 내용이 도통 머릿속에 들어오지 않는다. 한 구절 읽고 바다를 보고, 한 구절 읽고 또 바다를 보고. 그다음에는 한 구절 채 읽기 전에 바다 먼저 보게 된다. 작정하고 도서관을 찾은 사람의 바람직한 태도는 아니지만, 본래 내 성향인지라 어쩔 수 없다. 나는 실용성보다 분위기가 중요한, 누가 뭐래도 '분위기파'다. '목적 전치 현상'이 일어날지라도 말이다.

누군가는 어느 장소에 머무느냐보다 누구와 함께 있느냐가 더 중요하다고 말한다. 대체로 동의하지만, 내 경우 그 누군가와 설레는 장소에 있을 때 인연의 밀착력이 배가 되는 듯하다. 그러니까 사람 못지않게 장소도 중요하다는 이야기다. '너는 너무 분위기에 약한 거 아니야? 그러다가 중요한 거 놓친다!'라고 충고했던 대학 선배가 생각난다. 하지만 중요한 걸 놓치더라도 기왕이면 분위기 좋은 곳에서 놓치고 싶다는 생각이다.

아무튼 책 읽고 글 쓰는 데에 분위기를 고려하는 것이 위험 요소는 아니지 않나? 다행이다. 내가 글을 쓰는 사람이라서. 아니, 어쩌면 이렇게 분위기에 약해져버리는 인간이라서 글을 쓰고 있는지도 모르겠다. 내가 좋아하는 걸 무작정 찾아다니다 보면 이렇게, 문득, 내가 어떤 사람이고 어떻게 살아야 하는지 깨닫게 되는 순간이 온다. 그 순간들을 우연히 맞닥뜨릴 때 느끼는 설렘 덕분에 타지에서의 한 달을 꾸준히 계획하며 사는지도.

서가에서 빼낸 책 한 권은 결국 반도 읽지 못한 채 돌아왔다. 휴게실에서만 열 수 있는 노트북은 휴게실에서도 열지 않았다. 그렇다 한들, 뭐 어떻단 말인가? 온종일 세상 모든 블루가 고루 담긴 바다 그림을 눈이 시릴 만큼 감상하고 온 내 마음은 글로 가득 차버렸는걸. 이 마음을 오늘도, 내일도 볼 수 있게 짭짤한 바닷바람 냄새가 가득한 활자로 옮겨 적어야지. 그렇게 글로 옮겨놓으면 분위기 따지다가 중요한 걸 놓쳐버렸다며 한탄할 일은 없다고! 10년이나 지난 지금에 와서야 그때 그 선배에게 반박해본다. 물론 연락처도 모르고, 어떻게 사는지도 모르는 그에게 나 혼자 상상 속에서.

통영시립충무도서관에서 나와 집으로 돌아가는 길에 들른 카레집

Day 7 쉬운 건 하나도 없으니까

_ 미륵산 케이블카

살다 보면 하기 싫은 걸 꾹 참고서 마음에 안 들어도 결국 억지로 할 수밖에 없는 그런 일들을 부지기수로 만난다. 이제 겨우 서른인데 앞으로 살면서 얼마나 고달플지 예측할 수가 없다.

법륜스님은 인생이 '고苦'라고 말씀하신다. 원래 쓰고 괴로운 것이 인생인데, 자꾸 달고 행복한 것이라고 착각하니 못 살겠는 거라고 말이다. 스님처럼 명료하게 말하지 못했지만, 막연히 나도 그렇게 여기며 살았던 것 같다. 하여튼 즐겁고 좋을 만하면 꼭 짜증 나고 힘든 일이 생긴다. 산이 높으면 계곡이 깊듯 이번 달에 행복해 죽겠으면 다음 달엔 꼭 힘들어 죽겠다. 이러다 진짜 나 죽겠다 싶으면 신인지 누구인지 모를 절대석 힘이 나타나 끝까지 꼭 살려둔다. 그러고서 내게 버틸 힘과 희망과 기쁨도 몇 꾸러미 던져두고 간다. 그 맛에 또 '이제 좋은 날만 있는 건가?' 하고 속아 넘어가는 거다. 그렇게 연명을 이어가다 통영까지 내려와 글을 쓰고 있다.

통영 케이블카를 타고 미륵산에 올랐다. 쉬엄쉬엄 풍경이나 보자고 떠난 길이었는데, 케이블카 덕분에 내 인생을 통째로 떠올렸더랬다. 하긴 오늘의 짧은 하루도 긴 인생의 일부분이니까.

케이블카를 타기 위해 숙소 근처 아파트에서 101번 버스를 타고 도남동으로 갔다. 달리는 버스 안에서 생각에 잠기는 것을 좋아하는 나는, 낯선 이곳의 버스 노선이 참 좋다. 스치는 풍경이 모두 새로워서 다음번 정류장은 어떤 모습일지 정차할 때마다 가슴이 설렌다. 도남동 케이블카 역사는 종점에 가까웠지만 먼 길인지도 모를 만큼 마냥 즐거웠다.

한려해상국립공원이 한눈에 조망된다는 미륵산 케이블카의 여정은 예상보다 길었다. 급하게 검색해봤더니 아니 글쎄, 국내 최장이란다. 나로선 이건 무리지 싶었다. 통영에서 꼭 봐야 할 아름다운 조망 베스트Best 3 안에 미륵산 케이블카에서 내려다보는 한려해상국립공원이 있다는 이야기에 작정하고 온 길이었다. 목적이 그러한데 케이블카를 타지 않는 건 말이 안 되었다. 비행기를 셀 수 없이 탔음에도 고소공포증을 극복하지 못한 나였다. 이륙할 때 공중으로 떠오르는 느낌이나 비행 중에 기류 변화로 기체가 심하게 흔들릴 때는 무교임에도 급기야 신을 찾곤 했다. 그런 내가 '국내 최장' 케이블카에…….

케이블카 역사 앞에서 한동안 망설였다. 여기까지 왔는데 무섭다며 돌아가기에는 한심하기 그지없다는 생각도 들었다. 아니, 일곱 살 먹은 아이도 하하호호 신나서 타겠다는데. 나는 왜 여기에서 이렇게 망설이는가. 미칠 노릇이었다, 정말.

갈팡질팡 혼자 원맨쇼를 하고 나니, 이 꼴이 지금까지 내가 인생을 살아온 모습 같은 거다. 왜 내 인생은 그냥 좀 쉽게 쉽게 가는 법이 없을까. 뭐든 이겨내고 감정을 욱여넣어야만 앞으로 나아갈 수 있는 걸까? 안 하겠다고, 못 하겠다고, 싫다고, 울고불고. 그러다가 결국엔 등 떠밀려 해야 했던 순간들. 우습게도 나는 관광 온 어느 가족이 봄날처럼 해사하게 웃고 있는 한려수도 조망 케이블카 앞에서 이런 생각을 한 거다.

결국, 케이블카에 탑승하려고 선 사람들 사이에 똥 마려운 강아지 같은 얼굴을 하고서 합류했다. 울며 겨자 먹기로 시작했던 일도 하고 나면 '별거 아니었네' 했던 적 많지 않냐며, 제아무리 국내 최장이라지만 고작 케이블카인데 하며. 성인으로 살기 위해 필요한 일종의 정신 승리법이다. 덜컥 표를 사버렸고 탑승하는 줄에 엉겁결에 끼어들었다. 어영부영 줄 서 있다가 갑자기 사람들이 몰렸고 도로 나가기도 창피해서 결국 탑승까지…….

차례가 되어 떠밀리듯 입장한 케이블카는 초반부터 어딘가 불안하게 움직였다. 바람 없는 날씨인데도 희한하게 흔들렸다. 어쩌면 내 마음이 흔들렸던 걸까. 게다가 케이블카는 정말로 너무 길었다. 정비례 그래프처럼 높이 오르던 케이블카는 중간중간 덜컹 멈추면서 다시 낮아지곤 했다. 그때 창밖으로 발밑 바다를 보고야 말았다. 높다. 휑하다. 나는 지금 망망대해 위 가느다란 줄 하나에 의지한 채 떠 있고, 그 줄은 몹시 불안정하다. 케이블카 타다가 죽은 사람은 없겠지? 아름답기는 한데 눈물이 났다. 이건 아름다워서 흘리는 눈물이 아니라……. 제발 내려줘. 언제 끝나는 거냐고! 거봐, 역시 내 인생 맛잖아. 인생이 아름답다는 건 알겠는데 너무 무섭고 괴로우니까 시간아, 인생아, 제발 빨리 가주라.

사방이 탁 트인 한려수도해상공원의 풍광

어쨌거나 시간은 흐르고 결과는 나오기 마련이라는 것이 진리. 나 역시 이 진리 덕에 살아남았다! 무사히 종점에 도착한 것이다. 내리자마자 '무사히 잘 왔네!' 하는 안도와 평정심이 찾아왔다. 마치 여유롭게 타고 온 사람처럼 태연하게 케이블카에서 내렸다.

케이블카에서 내려 15분에서 20분 정도를 오르면 미륵산 정상과 전망대가 나온다. 벌벌 떨며 케이블카를 탄 보람이 있는 장관이었다. 구름 한 점 없이 맑고 푸르른 하늘, 탁 트인 통영 바다의 아름다운 풍광, 가까이 드리워진 초록의 그림자들, 그리고 무사히 살아 올라온 나까지. 극단의 공포심 끝에 맛본 평화! 자연 속에 파묻혀 투명한 공기를 맘껏 들이마시는 지금, 이 풍요로운 자연에게 보호받고 있다는 안정감. 역시 괴로움이 크면 기쁨도 큰 것일까? 헐렁한 티셔츠에 납작한 운동화를 신고 흙과 돌을 밟으며 자연을 마주한 오늘, 마음껏 행복했다.

가느다란 밧줄 하나에 의지한 채 망망대해 위를 흔들흔들 지나는 케이블카 같은 내 인생도, 종착지에 다다르면 이토록 아름답고 평화로울 예정이겠지. 두렵고 겁났던 만큼 다신 잊지 못할 설렘을 선물로 받았다. 미륵산 정상에서 바라본 그 감격스러운 풍경의 통영에게 오늘 하루도 잘 배웠다.

+오늘의 노트 2

인생 미션 찾기 마인드맵
나를 알고 미션을 알면 하산해도 좋다

내 인생의 재료는 뭘까? 내가 가진 재료들은 무엇을 위해 주어진 걸까, 생각해 본 적 있니? 외부에 떠도는 정보에 매몰되면 나조차도 내가 누구인지 알기 힘들어져. 어째서 스스로를 다루는 것조차 이렇게 힘든지 속상했던 적은 없었어? 내 인생도 내 맘대로 되지 않는데, 세상 일이 내 뜻대로 될 수 있을까 하고 말이야. 나는 모두가 이 세상에서 채우고 가야 할 할당량이 있다고 생각해. 나도, 너도, 지나가는 저이도. 모두가 똑같은 삶을 살아갈 수는 없어. 각자가 가진 인생의 재료와 성분에 따라 달라지는 거라고 여길래. 내가 가진 것으로 보다 자연스럽게, 물 흐르듯 살 수 있는 나만의 인생이 있겠지. 물론 내가 가진 재료들이 쓸모없게 느껴진 적이 있었어. 하지만 평생 내 몫으로 남겨져 있을 재료들이라면, 구석에 처박아두지 말고 어떻게든 써먹자고 마음먹었지. 쓰이지도 못하고 창고에만 갇혀 있는 재료들. 아깝지 않니?

작가 노트

1. 난 생각이 너무 많아

두서없이 떠오르는 생각을 잘 정리하는 방법은? → 글로 써보는 건 어때? → 생각은 사라지고 나면 끝이야. 글로 남겨 누군가와 소통할 수 있다면 그만큼 값진 일은 또 없을 거야.

2. 난 질투심이 엄청나!

질투는 나의 힘! → 시기에 그칠 게 아니라 편협한 세상을 상대로 싸워보자! → 질투를 에너지로 삼으면 모든 싸움에서 이길 수밖에 없겠지?

3. 쉬운 게 하나도 없지만 그래서 더 값진 내 인생

하나하나 작은 성취를 이룰 때마다 경험치가 쌓여 → 쉽게 이루면 편하겠지만 힘들게 이루는 것도 의미가 있어. 뭐든 남들보다 훨씬 힘들게 얻어낸 사람들은 자신만의 지혜와 노하우를 얻는 것 같아. 원하는 바를 쉽게 이루는 사람들은 또 그런 경험을 동경하기도 하잖아.

나의 노트:

2nd
Week

그렇다면 어쨌든, 버텨라

_버티는 시기에 해야 할 것

Day 8 조금 주관적인 여행의 정의

내가 여행 작가라는 것을 알게 된 사람들은 이렇게 묻곤 한다.

"안 가본 여행지가 없겠네요?"

"배낭여행을 좋아하시나요?"

"인도나 중남미 같은 곳도 가보셨나요?"

송구하게도 세 질문에 대한 답은 모두 '아니오'다. 아직 안 가본 여행지가 더 많고, 배낭여행과 오지 여행은 사실 즐기지 않는다. 여행지를 정할 때는 안전을 보장받는 치안 좋은 곳이 무조건 일순위다. 특히 잠자리가 청결하지 않거나 숙소에 욕실이 없는 경우를 참지 못한다. 또한 한 도시를 다 못 돌아봐도 좋다는 주의다. 내 몸집만 한 배낭을 들쳐 업고 아침 일곱 시에 나가서 밤 열 시에 들어오는 일정은 무리다. 그저 유유자적 한곳에 오래 있는 게 제일 좋다. 왜? 나에게 여행은 휴식이니까. 이토록 까다롭고 예민한 나도 여행 작가라고 불린다. '여행 작가'라는 명칭은 사실 전혀 거창하지 않다. 여행지를 기반으로 한 여행 에세이를 출간했으니 그리 불리는 것뿐.

여행이라는 경험을 고수, 중수, 하수의 것으로 나누는 것 자체를 피곤하게 여긴다. 왜 여행에 있어서까지 급을 나누는 걸까. 여행을 좋아하는 누군가가 여행지에서 느낀 감상을 글로 쓰고자 한다면, 그가 바로 여행 작가가 아닐까? 전문가만 쓸 수 있는 여행 경험이란 없으며 책으로 내도 되는 여행과 책으로 내면 안 되는 여행이란 것도 없다. 사람의 취향이 다양하듯 당연히 여행의 취향도 그에 따라 다양하니까.

누군가가 나에게 어떤 스타일의 여행 이야기를 선호하느냐고 물은 적이 있다. 내 대답은 이랬다.

"세상의 모든 여행 이야기요. 그 사람만이 경험하고 말할 수 있는."

나는 개개인의 여행 경험이 모두 다르다고 생각한다. 그렇기에 내가 읽고 싶은 스타일의 여행서란 따로 없다. 무엇도 의식하지 않은 저마다의 솔직한 여행이 궁금할 뿐이다.

나는 여행이란, 인생을 살아가며 잠시 쉬어가는 휴식이라 생각하고 계획한다. 중간중간 여행이 없었더라면 아마 내 인생은 띄어쓰기 없는 줄글 같았을 것이다. 내가 계속해서 진행해나가고 있는 '한 도시 한 달 살기' 역시 내가 생각하는 '여행의 정의'에 부합되는 주제이다. 기나긴 인생인데 제대로 휴식하려면 1년에 한 달은 되어야 하지 않을까. 나에게 있어서 여행이 휴식이듯 누군가에게 여행은 '도전'일 수도, '수련'일 수도 있을 것이다.

한 달을 지내려니 3박 4일 여행할 때처럼 마냥 놀기만 할 수는 없다. 서울에서 하던 일을 계속 이어나가야 한다. 매 끼니 맛집만 찾을 수도 없다. 가끔은 장을 봐서 토스트나 계란간장밥처럼 간단한 메뉴로 끼니를 해결한다. 여행과 생활의 경계를 묘하게 넘나드는 형태다. 이런 모호함이 좋다. 뚜렷하고 분명하게 살아야 하는 삶이 가끔은 버겁다. 타지에서 한 달을 사는 동안 업무도 하고 집안일도 해야 하지만, 나에게 부여된 이름표에서 멀어진다는 사실 하나로 휴식이 된다.

한곳에 딱 정착해 살면서 같은 공간에서 같은 일을 반복하고 매일 똑같은 사람들만 만나면, 그런 명확함이 권태와 부담을 준다. 어쩌면 그 부담감이 바로 어른의 책임감인지도 모르겠다. 결국, 한 성인으로서의 책임감이 버거워 한 달 살기로 도피한다고 볼 수도 있다. 누군가가 '그렇다면 한 달 살기란 참 무책임한 것이군요?'라고 말한다면 나는 '그렇게 생각하는 것도 일리가 있다'고 대답할 수밖에. 휴식이란 그런 게 아닐까? 매일같이 반복되는 일상을 잠시 멈추고 생활의 때를 피해 날아나는 것. 나는 이렇게 한 달쯤 달아나지 않고는 내 인생의 책임감을 평생 메고 있을 자신이 없다. 나라는 인간은 한 번 일하면 세 번 쉬어줘야 뇌의 회로가 돌아가는, 아주 효용성이 떨어지는 인간이다.

이렇게 기능적인 측면이 많이 떨어지는 동시에 자본 의존도는 높은 편이다. 쉽게 말해 잘 벌지도 못하면서 돈은 많이 든다는 이야기다. 효율성 역시 상당히 떨어지는 인간이다. 저렴한 숙소에서 요리해 먹어가며 지낸다 하더라도 여행은 결국 집에 있는 것보단 큰 비용이 발생하기 마련이다. 그렇지만 한 달 살기는 나에게 있어 결국 효율성을 높이기 위한 방식이기도 하다. 기나긴 인생 중에 휴식이라는 연료를 이렇게라도 넣어주지 않으면, 장기적으로 더 큰 손해가 발생할지 모르니까. 돈을 아끼려고 20년 동안 바꾸지 않은 에어컨 때문에 전기세 폭탄을 맞는 것처럼.

통영에서의 한 달 동안에도 아주 적극적으로 별것 하지 않을 생각이다. 그저 바다를 보고, 거닐고, 글을 쓰고, 새로운 카페에 갈 것이다. 그렇게 시간을 아주 느리게 쓸 작정이다. 휴식이란 언제나 해도 해도 모자란 법이니까. 마음이 분주한 서울에서는 늘 시간이 빠르게 가는데, 마음이 조용한 통영에서의 시간은 천천히 간다. 제대로 된 휴식이란 이런 게 아닐까? 쉬어도 쉬는 게 아니었던 지난날은 이제 안녕.

이방인이지만 마냥 여행자도 아닌 채 오늘도 통영에서 잘 쉬겠습니다.

시간이 천천히 흐르는 통영의 카페

당신의 여행은 어떤가요?

사람마다 추구하는 가치가 모두 다르지. 가끔 나와 그 가치가 닮은 사람을 만나면 잃어버린 동생이라도 만난 듯 반가울 정도야. 그만큼 우린 모두 달라.

여행도 마찬가지라고 생각해. 각자의 라이프 스타일이 존중되는 시대인 만큼, 여행도 더 이상 똑같은 경험이 될 수는 없지. 누군가는 오지나 순롓길에서 자신의 한계를 경험하며 깨달음을 얻는 여행을 추구하고, 또 다른 누군가는 현지에 스며들어 그곳의 사람이 된 듯 그 나라의 진짜 모습을 경험하기를 원해. 반면, 누군가는 여행만큼은 생각 없이 풍경을 보고 휴식하고 미식을 즐기는 거라고 여기지. 여기에 정답이 있을 리 없잖아. 내가 사랑하는 나의 여행은 어떤 색인지 떠올려보는 것만으로도 행복하지 않아? 인생을 살아가며 만날 당신의 여행은, 어떤 모습일까?

나의 노트:

Day 9 기분이 좋아질 수 있다면

_ 스탠포드 호텔 통영

집 앞의 풍경에 좀처럼 적응되지 않는다. 내가 타지에 와 있다는 사실을 생생하게 일깨워주는 풍경. 길게 늘어선 해안로, 그 옆으로 반짝이는 물결. 낯섦과 설렘이 동시에 찾아온다. 일상에서는 느끼기 어려운 이 감정을 찾기 위해 통영 한 달 살이를 선택했는데, 역시나 예상대로의 감정이다. 상상이 현실로 이루어진다는 것이 이런 것이었나 새삼 느껴본다. 낯섦에서 오는 설렘은 상당히 자극적이지만 이러한 행복으로 충만해지는 건 인간의 본능 아닐까. 나는 한 달간, 아주 진하게 이 행복을 누리기로 했다.

일상의 기쁨과 행복이란, 큰 솥 가득 끓여낸 국물에 툭툭 치는 후춧가루 같아서, 삶에 살짝 곁들이는 조미료라고 여겨야 그 맛이 배가 된다. 나의 후춧가루는 역시나 한 달 살기다. 올해는 통영, 너로 정했고. 후춧가루를 자주, 듬뿍 치는 건 정말 별로다. 욕심이 과하면 텁텁해지고 국물 본연의 맛을 해치는 법. 한 달 살기도 마찬가지다. 한 달이 아니라 1년이었으면 지금 느끼는 이 생경한 설렘은 없을 것이다. 여행과 생활의, 그 사이 어디 즈음에 걸쳐진 이 감정이 최고로 좋다는 사실을 잘 알고 있다.

저마다의 조미료는 다를 것이다. 하지만 분명한 건, 인생에 적절한 조미료는 꼭 필요하다는 것. 피로한 인생길을 걸을 때 눈이 번뜩 뜨이는 감칠맛이 얼마나 절실한지 모른다. 하루 일과를 마치고 집에 돌아와 과자 한 봉지 안주 삼아 마시는 시원한 캔맥주. 그 맛 하나로 인생이 얼마나 행복하던가. 내일을 다시 살아가려면 그런 즐거움이 필요하다. 더 크게 보면 평생의 친구와 다름없는 나 자신을 이 세상 떠나는 순간까지 그렇게 달래면서 걸어가야 하니까.

나는 좋은 곳에 가면 좋은 생각이 나고, 좋은 생각을 하면 좋은 의도를 품고서 좋은 행동을 한다. 그래서 좋은 곳으로 떠난다. 생경하고도 아름다운 행복을 찾는 것이 여행의 미덕이기도 하겠지. 그래서일까. 많은 이들이 삶의 조미료로 여행을 꼽는다. 집이나 일터가 아닌 다른 곳으로 떠나서 좋은 것 보고 맛있는 것 먹고 콧바람 쐬고 나면 기분이 좋아지니까. 살아갈 힘이 나고 행복하니까. 그래서 나는 여행지에서 만나는 사람들의 표정 관찰하기를 좋아한다. 그들은 그곳에서 모두 행복해 보인다. 만면에 웃음이 가득한 걸 보면 즐겁다는 의미겠지. 즐거운 기운과 기색이 넘치는 곳은 평화롭다. 그런 곳에 다녀오면 하루가 든든해진다.

오늘은 도남동에 있는 스탠포드 호텔에서 하룻밤 묵을 예정이다. 통영에서의 한 달 가운데 하루는 꼭 스탠포드 호텔에서 보내려고 계획했었다. 호텔에서 괜히 하루 묵는 것은 여행이나 한 달 살기와 같은 의미에서 비롯된 행위다. 서울에서도 종종 호텔에 묵는데, 앞서 말했듯 '낯섦에서 오는 설렘'이 집 놔두고 호텔을 찾는 이유다. 이곳 통영에 와서 이방인의 기분으로 낯설게 살다가 적응이 채 되기도 전에 다시 한 번 낯선 호텔로 떠나는 기분이란! 여행 속의 여행, 낯섦 속의 낯섦이랄까. 아드레날린이 한껏

솟는다.

스탠포드 호텔은 죽림에서 버스를 타고 서호시장, 중앙시장을 지나 충무교를 건너 봉평동, 도남동에 이르기까지 통영 시내 곳곳을 달린 다음 도착했다. 101번 버스의 종점에서 내리니 바다가 내려다보이는 언덕 위에 자리한 스탠포드 호텔이 보였다. 전망 하나만으로 묵을 만한 가치가 충분한 호텔이었다. 바로 옆에는 통영국제음악당이 웅장한 위용을 자랑하며 서 있었다. 통영에 오기 전에는 소박한 어촌 마을의 나지막한 지붕만을 떠올렸는데, 실제로 스탠포드 호텔과 국제음악당을 마주하니 꼭 그렇지만도 않다는 생각이 들었다. 오밀조밀 단란한 바다 마을 한구석에 풍채 좋은 모습으로 딱 붙어 서 있는 두 건물이 의외로 통영의 풍경과 어우러졌다. 역시 오기를 잘했다는 마음이 마구 샘솟았다.

아무도 없는 인피니티 풀에서 하늘과 바다가 맞닿은 풍경을 바라보며 유영했다. 아무 생각 없이 가만히 물에 잠겨 하늘 한 번, 바다 한 번, 국제음악당 한 번. 따뜻한 자쿠지에 몸을 누이고 또 한 번 가만히. 자연의 정기가 가득한 바다 위를 떠다니는 기분과는 별개로, 깨끗하게 관리된 수영장을 떠다니는 기분 역시 이루 말할 수 없는 행복을 준다. 바닷속과는 다른 매끈하고 반질반질한 감촉이 있달까. 물 집착론자의 입장에서 바다와 수영장, 두 물은 다른 매력이 있다.

스탠포드 호텔의 인피니티 풀

원래부터 물에 살던 사람인 양 반나절 가까이를 수영장에서 보내고 나왔다. 누군가는 호텔에서의 1박이 낭비라고 말하겠지만, 나는 돈이 아깝지 않을 만큼 야무지게 시간을 보냈다고 생각한다. 쾌적하고 낯선 이곳에서의 반나절 덕분에 내 맘에 일곱 살 아이처럼 순수한 설렘이 가득 찼다.

'호캉스'라는 단어는 누가 만들었을까? 외계어 같은 그 단어가 싫다고 질색하는 지인도 있었지만, 사실 나는 그 단어가 입에 착착 감긴다. 즉각적으로 기분을 상승시키는 데에는 누가 뭐래도 호캉스가 최고다. 호텔만큼 낯섦에서 오는 설렘을 느끼기에 좋은 장소도 없으니까. 그리하여, 통영 호캉스는 무소선 스탠포드! 호텔 광고를 나에게 맡긴다면 맛깔나게 해낼 자신이 있는데.

내일이면 다시 '한 달의 집'으로 돌아간다. 한 달 동안은 내 집이 분명하지만 아직 낯설고 설렘을 주는 집. 이러한 나의 삶이 누군가에겐 너무 철이 없는 것처럼 보일지도 모르겠다. 설렘만으로 살아갈 수 없는 것이 인생이니까. 나뭇잎이 단풍 옷을 입고 낙엽이 되어 가을을 보내고 겨울을 준비하듯 상황과 감정은 흐르듯이 변해간다. 낯섦은 익숙해지고 설렘은 당연해진다. 그 변화의 찰나가 얼마나 짧고 귀한가. 또 짧고 귀하기에 그만큼 행복감도 크지 않던가!

우리는 좀 더 철없이 행복을 찾아도 된다. 어떻게든 기분을 더욱 좋게 해줄 무언가를 찾아다녀도 괜찮다. 간간이 재량껏 조미료 좀 치며 살아가야 퍽퍽한 밥맛이 먹을 만해지는 거다. 세상이 좋아져서 백 살까지 산다는 데 그런 즐거움 없이 묵묵하게 살아갈 수 있을까? 그런 사람이 있다면 하느님처럼 우러러보되 절대 깊은 속내를 나눌 순 없을 것 같다.

앞으로 갈 길이 멀다. 사방이 막혀 울적한 기분으로는 남은 60년을 살기 힘들 것이다. 한 달 살기든, 호캉스든, 그 시간 아깝지 않으니까 일단, 기분을 좋게 하고 천천히 가는 편이 좋겠다. 지금 당장 내 기분을 좋게 하는 일은 어쩌면 먼 인생길 떠나기 전 가장 중요한 채비가 아닐까.

호캉스를 마치고 다시 집으로 돌아가는 길

+오늘의 노트 4

내 삶의 조미료는 뭘까?

누구에게나 삶에 곁들이는 조미료가 있기 마련. 정직한 재료 본연의 맛도 좋다지만 때론 불량 식품 먹는 재미도 있어야 길고 긴 인생길을 걸어나갈 수 있지 않겠어? 다른 이에게는 말할 수 없는 나만의 조미료가 분명 있을 터. 덕분에 우리는 또 하루를 이렇게 살아가는 힘을 얻겠지. 나처럼 여행을 인생의 조미료로 삼은 사람이라면 당장 내일 어딘가로 떠날 것처럼 여행 계획을 세워보는 건 어때? 아직 가보지 않은 곳을 미리 적어두면 언젠간 가게 되는 마법! 적기만 해도 기분이 좋아질 거야.

작가 노트

1. 단연, 호캉스

사실 여행을 멀리 갈 수 없는 시기나 상황에도 호캉스가 있어서 얼마나 다행인지 몰라. 가끔은 머나먼 여행지에서의 호텔보다, 내가 사는 도시의 호텔에서 그저 하루 머무는 것이 더 설레기도 해. 여행 중 어쩔 수 없이 묵는 숙박이 아니라, 정말 호텔이란 공간을 오롯이 느끼며 쉬는 것이기에 그럴 테지. 이것이야말로 진정한 조미료가 아닐까!

2. 여행에서의 미식

본래 맛있는 음식을 찾아다니는 재미로 일상의 지루함을 견디는 나. 그런데 여행지에서의 미식 탐방은 그 기쁨이 꼭 두 배야. 공감하는 사람이 꽤 많지 않을까?

3. 한 달 살이

한 달 살이라는 것이 언제든 가능한 경험은 아니지. 매해 새로운 도시에서의 한 달을 위해 떠날 때면 '오늘을 바라보며 1년을 버텼구나!'라고 생각해. 그렇게 한 달을 보내고 돌아오면 다시 털고 일어나 세상으로 나갈 힘이 생기지.

나의 노트:

Day 10 걷고 걷고 또 걸으면 결국

_ 용남면 러브올낫

통영에서의 날들 가운데 마음이 벅차오르는 순간을 꼽자면 역시 바다가 보이는 카페를 만났을 때. 카페를 좋아하는 나는 어느 곳에 가더라도 예쁘고 소담스러운 카페부터 찾는다. 그 지역의 분위기와 맞아떨어지는 감성을 가진 카페라면 금상첨화다. 통영 바다를 그대로 품은 카페들을 만나면 이곳이 정말 '통영' 그 자체라는 생각이 든다.

차가 없으니 나는 무조건 버스를 타거나 걸어야 한다. 서울에서는 지하철을 갈아타고, 시내버스를 타고, 촘촘히 지나다니는 마을버스를 타면 어디든 쉽게 갈 수 있다. 하지만 통영에서는 오로지 시내버스 노선에 의존해야 하니 더 많이 걷게 된다. 어디든 걸어갈 수 있다며 두 주먹을 불끈 쥐어도 보행 도로가 여의치 않아 도보로 가기엔 힘든 곳도 많다.

오늘 다녀온 용남면의 카페 '러브올낫'도 그랬다. 나와 비슷한 시간대에 머문 다른 손님들은 전부 차를 이용해 방문한 것으로 보였다. 도보로 직접 걸어가본 결과, 러브올낫에 도착하기까지는 험난한 여정이 있었다. 죽림에서 러브올낫 바로 앞까지 갈 수 있는 버스가 없다. 무조건 용남면 청구 아파트에서 내려야 한다. 그로부터 20여 분을 걸어가면 러브올낫을 만난다.

길이 있다고 해서 서울의 보행자 도로를 생각해선 안 된다. 아예 못 걸을 정도의 길은 아니지만, 이 길이 정말 맞을까 싶은 길들을 지나 걸어가야 한다. 하지만 그 시간도 즐거웠다. 아기자기한 통영의 풍경 덕분에. 서울에서는 느껴보지 못한 한적함과 평화로움이 길가 곳곳에 가득했다. 청구 아파트 앞에 난 육교 터널을 지나 터덜터덜 걸어 내려오는 길에는 창원 지방 법원 통영 지원이 있었다. '이렇게 예쁜 곳으로 발령 나는 법조인들은 마음이 말랑말랑해질 것 같은데 업무에 집중이 되려나?' 하고 지극히 나다운 생각을 하며 걸었다. 그 길은 용남해안로였다. 내가 매일 걷는 죽림의 해안로와는 또 다른 풍경이었다.

평일 낮이어서 그런지 길에 지나다니는 차가 한 대도 없었다. 사방으로 뻥 뚫린 도로, 뼛속까지 시리게 푸른 바다가 모두 내 것이었다. 걷고 걷고 또 걷는 길, 무엇도 부럽지 않은 득의양양한 기분이 차올랐다. 걷는 것이 이렇게 벅찬 기분이었던가? 걸으면서 세상이 내 편 같다고 느낀 적이 있던가? 내 목적지가 정해져 있었는지 잠시 잊을 만큼 걷는 것, 그리고 지금 이 풍경 두 가지에만 집중했다. 내가 집중하려고 했다기보다, 그 순간의 자유로움에 자연히 그렇게 되었다.

춤을 추듯이 양팔을 자유롭게 휘저으며 들썩들썩 걸었다. 춤은 몸으로 표현하는 태초의 언어라고 했던가. 바다처럼 마음이 자유로우니 절로 춤이 나왔다. 항상 남의 시선을 의식하고 쉽사리 수줍어지는 나로서는 낯선 경험이었다. 내 몸의 언어는 무슨 뜻이었을까? 내가 느낀 그 순간은 자유였을지도, 그 넓은 길과 바다와 하늘을 나에게 빌려준 자연을 향한 애정이었을지도.

평소에도 걷는 것을 무척 좋아한다. 편한 차림에 쿠션이 튼튼한 운동화를 신은 날에는 오래오래 걸을 자신이 있다. 머릿속이 갑갑하고 인생이란 게 대체 뭘까 싶게 억울할 때, 그럴 때 걷는다. 걷기는 내가 살아 있고, 그렇기에 살아가야 한다는 것을 다시 한 번 일깨워주는 행위다. 그렇게 걷는다. 집 앞 강변을, 동네 뒷산 산책로를, 역에서 역까지 이어진 도로를, 시간이 허락하면 어디든.

기왕이면 오늘처럼 사랑이 절로 샘솟는 풍경을 보며 걷고 싶다. 걷고 걷고 걸으면 끝내 환희가 차오르는 풍경을 만날 수 있는 길. 그런 길이면 외로움도 아름답게 느껴진다. 다리가 아파도 춤을 추게 된다. 긴 여정에서 사랑을 표현하기 위해 나도 모르게 춤을 추게 되는 길, 이보다 아름다운 길이 세상에 있을까?

끝나지 않을 듯한 사랑의 길 끝에 잊고 있던 오늘의 목적지 러브올낫이 있었다. 용남해안로에서 만난 사랑의 감정과는 다른 종류의 사랑이 차오르는 곳이었다. 용남해안로가 나에게 단전 깊은 곳에서부터 우러나오는 사랑을 줬다면 러브올낫은 가슴께가 간질간질하는, 털이 포실한 강아지 같은 사랑을 주었다. 주말이면 일부러 사람들이 멀리서 찾아온다는 카페답게 구석구석 섬세한 인테리어가 빛났고, 손님에게 사랑을 전하려는 아기자기함이 엿보였다. 작은 소품, 라탄으로 짠 가구들, 군데군데 적절한 식물들까지 보는 사람으로 하여금 공간을 사랑하게 만드는 힘이

있었다.

무엇보다 테라스에서 보이는 바다 전망이 일품이었다. 통영의 바다는 어디에서 보느냐에 따라 색이 다르다. 죽림에서 보는 통영 바다는 속을 모르게 짙은데 그래서 안정감을 준다. 미륵산에 올라 바라본 통영 바다는 하늘색을 그대로 닮았다. 그런가 하면 오늘 용남면에서 본 통영 바다는 청량한 비취색이다. 한동안 멍하니 바다를 보며 한국에서 보기 힘든 파랑 빛깔이라고 생각했다. 언젠가 남국의 휴양지에서 본 듯한 민트색 같기도. 다채로운 통영 바다의 색깔은 이곳에서 지내는 내 마음 같다. 이곳에 온 뒤 내 마음의 색도 마치 통영 바다처럼 좀 더 다채로워졌기 때문이다.

카페에서 오랜 시간을 보내고 숙소로 돌아가는 길에는 택시를 불렀다. 다시 버스를 타고 돌아가려니, 노선이 다른지 정류장을 찾을 수 없었다. 어리바리 헤매던 끝에 택시를 부르고 만 것이다. 택시를 타고서 죽림으로 돌아가는 길은 10분도 채 걸리지 않았다. 버스를 타고, 걷고, 또 걸어서 용남면까지 한 시간도 넘게 걸려 왔는데 돌아가는 길은 이렇게 짧다니, 웃지 않을 수 없었다. 눈 깜짝할 사이에 익숙한 풍경들을 지나 숙소 앞에 도착했다. 운전을 모르는 뚜벅이로서 이렇게 길에서 보낸 시간이 도대체 얼마나 될까 싶어서 순간 멍해졌다.

그렇다고 오늘의 도보 여행을 10분의 드라이브와 맞바꿀 수 있느냐고? 아니, 절대! 차로 도착한 러브올낫과 두 발로 걸어가서 만난 러브올낫은 분명 같은 곳이지만 다른 곳일 것이다. 용남면의 비취색 물빛을 떠올리며 생각한다. 수많은 걸음, 길에서 보낸 그 시간들이 나에게 채워준 것들에 대하여. 오늘의 용남해안로와 그 끝에 있던 러브올낫, 용남면의 통영 바다처럼.

테라스에서 바라보는 시원한 통영 바다 풍경

Day 11 글 썼고 바다 봤으니 되었지

_ 세상에서 가장 푸른 섬 비진도

"오늘 뭐 했어?"

가장 싫어하는 질문이다. 그래서 종종 가까운 사람과 서로 오해를 하곤 한다. 누군가에게는 다정한 애정 표현일 질문. 그러나 나는 이 질문을 듣는 순간, 뭔가 대단한 대답을 해야 할 듯한 강박에 사로잡힌다. 물론 질문자의 의도와는 전혀 상관없는 혼자만의 생각이다. 요즘에는 '뭐 하고 뭐 했어'라고 대답해주지 않아도 된다는 것을 자꾸 되뇐다. 상대는 나에게 관심이 있다는 표현을 저렇게 에둘러 하는 것일 테니. 그래도 싫은 건 싫은 거다. 저 질문을 들으면 속으로 이런 생각을 한다.

'아, 뭘 하긴 뭘 해! 아무것도 안 했다, 왜?'

그런 내게 누군가가 "오늘 뭐 했어?" 하고 물으면 오늘은 이렇게 말해줄 테다.

"바다 보고 글 썼어!"

오늘은 통영 여객선 터미널에서 배를 타고 40분 정도 들어가면 만나는 섬 비진도에 다녀왔다. 길게 난 모래사장을 따라 양옆으로 해변이 이어지는 곳. 사진으로 비진도를 처음 보았을 때 '우리나라에 이런 섬이 있다고?'라는 생각을 하지 않을 수 없었다. 두 갈래로 갈라진 해변도 신기한데, 물색이 마치 몰디브나 보라카이 같은 휴양지에서나 볼 법한 이국적인 색이었다. 포토샵 보정이 아닌지 의심스러울 정도였다.

배를 탄 지 40분이 흐른 뒤, 비진도 내항마을에 먼저 들렀다. 내항마을은 펜션도 해수욕장도 숙소도 없어서 마을 주민들만 타고 내리는 곳이었다. 비진도의 진면목을 알아보려면 내항마을에 들러야 하는 걸까? 아쉬움을 남긴 채 배는 다시 출항을 시작했다. 얼마 지나지 않아 해수욕장이 있는 외항마을에 멈췄다. 외항마을에 다다르면서 의심은 점점 감탄으로 변해갔다.

"보정이 아니었어! 바다색이 진짜 이래!"

비진도 해수욕장은 외국 엽서에서나 볼 법한 빛깔의 물색을 자랑했다. 연한 옥색 빛깔에서 차근차근 코발트블루로 그라데이션 되어가는 색감이 가히 예술이었다. 우리나라에 이런 섬이 있는지 모르는 사람이 더 많을 텐데. 아, 부디 계속 몰랐으면.

모래사장을 따라 한쪽은 블루 톤 팔레트처럼 다양한 푸른빛으로 가득한 백사장, 한쪽은 반들반들 야무진 몽돌 해변이었다. 두 갈래로 갈라져 전혀 다른 느낌의 바다가 자리하고 있는 것이 무척이나 신기했다. 이런 것을 두고 '자연의 신비'라고 부르지, 아마. 자연이 만든 아름다움은 그것이 철저히 우연이라서 아름답다. 아름답게, 훌륭하게 보이기 위해 만든 것도 아닌데 어쩜 이리도 완벽할까. 자연만이 가질 수 있는 위대한 능력을 보며 인간은 그 앞에서 언제나 작아질 수밖에 없음을 깨달았다.

오늘은 철저히 한량으로서 바다 휴양을 즐길 셈으로 비진도를 찾았다. 큰 가방에 노트북, 몸에 두를 커다란 타올, 깔고 앉을 돗자리, 먹다 만 충무김밥. 이게 내 짐의 전부였다. 함께 배를 타고 온 손님들도 손으로 셀 수 있을 만큼 적었다. 우리는 일면식도 없었지만 마치 가족처럼 일제히 해수욕장을 향해 저벅저벅 걸었다. 내가 거의 선두에 섰다. 앞서 걸어가며 들여다본 비진도 해수욕장에 손님이라곤 전혀 없었다. 세상에, 지금 이 사람들이 오늘 해수욕장 휴양객의 전부라니. 엄청난 행운이군. 이건 정말 프랑스 니스, 캘리포니아 말리부 부럽지 않네. 아니, 거기보다 더 좋으면 좋았지 부족할 것 없었다. 니스나 말리부 가봐라, 파라솔은 다닥다닥하고 옆이며 앞뒤 사람이 얼마나 많은데.

해수욕장 뒤로 식당이라곤 하나, 변변한 편의점도 없었다. 편의점이라기보다 간이매점이란 이름이 더 어울리는 상점에서 살 수 있는 거라곤 컵라면이 전부였지만 아쉬울 건 없었다. 라면 킬러인 내게 바다 수영 후 먹는 라면은 그야말로 꿀맛이니까. 점심은 아침으로 먹고 남은 충무김밥과 컵라면이면 오케이다.

텅텅 빈 모래사장 위에 돗자리를 깔고, 옷부터 훌훌 벗었다. 마땅히 옷 갈아입을 곳이 없겠다 싶어 숙소에서부터 옷 안에 수영복을 입고 왔다. 역시 탁월한 준비였다. 재빨리 바다로 달려갔다. 발에 밟히는 모래가 밀가루처럼 곱다. 발이 채 바닷물에 잠기기도 전에 밀려온 파도가 발등부터 발목 뒤쪽까지 시원하게 적셨다. 첨벙첨벙 바다 한가운데로 걸어 들어가는 기분이란 마치 세상에 비진도 바다와 나만 존재하는 듯했다. 텅 빈 백사장, 넓은 바다 한가운데 혼자 서 있는 나. 햇볕도, 차갑지도 미지근하지도

코발트블루 빛깔로 그라데이션 되어가는 비신도 해수욕장

않은 해수의 온도도 모두 적당하다. 물속에 있으면 내가 있어야 할 곳으로 돌아온 기분이 든다. 오늘은 특히 더욱 그렇고.

한 시간 가까이 되는 바다 수영을 즐긴 뒤 허기진 배를 부여잡고 나왔다. 컵라면에 충무김밥으로 점심을 때웠다. 모래알이 들러붙은 손으로 나무젓가락을 대충 잡아 불어 먹는 컵라면은 그 어떤 음식과 비할 수 없는 맛이다. 호사로운 만찬을 즐긴 다음, 모래 위 돗자리에 배를 깔고 누워 노트북을 열었다. 살짝 젖은 몸과 머리칼을 하고서 파라솔 아래 누워 바다를 보며 글을 쓴다. 이런 게 행복이지! 타자를 치는 손이 빨라진다. 지금 이 순간, 너무도 특별해서 하고 싶은 말이 너무 많아!

완벽한 휴양에, 작업량까지 완벽해지니 이것이 바로 휴양의 순기능. 통영에서 걸출한 문학인과 예술가가 많이 나온 이유를 알 법하다. 이런 풍광을 보며 작업을 하니 뛰어난 결과물이 나올 수밖에 없는 거지.

오늘 뭐 했냐는 질문이 싫은 이유는 뭔가 대단한 것을 열심히 했다고 답해야만 될 것 같아서였다. 오늘처럼 바다에 가서 수영하고 글 썼다고 누군가에게 말하면, "하루종일 놀기만 했네." 하고 손가락질을 당하지 않을까 싶었던 것이다. 이제 혼자만의 압박감에서 벗어날 테다. 노는 게 어때서? 하루 종일 놀았으면 당당하기라도 해야지.

"나 오늘 바다 봤고, 글 썼어. 어때? 끝내주지?"

하찮고 소중해! 오늘 한 일 '하나'만 적어보기

'내가 지금 뭘 하고 있는 거지?'라는 자괴감이 문득 드는 날이 있어. 내 모습이 너무 바보 같을 때 있잖아. 아무것도 이루지 못했다는 자책, 혼자 뒤처진 듯한 기분. 어쩌면 지금의 나는 앞뒤 돌아볼 여유도 없이 바쁘고 소란스러운 마음에서 벗어나고 싶은 건지도 모르는데 말이야. 그래서 나도 모르게 멍하니 있는 순간이 많아졌는지도 모르지.

세상 사람들 기준으로 내 하루를 재단하기보다 오롯이 '나'만 바라보며 이야기해보는 것은 어떨까? 오늘의 내 하루에 대해서 말이야. 그저 내가 '한 일'만을 이야기하는 거야. 생산적, 발전적, 계획적. 이런 단어들은 빼고 말이지. 마트에서 장을 보고, 오랜만에 냉장고를 싹 청소한 이야기는? 아니면, 하늘이 변하는 모습을 가만히 바라본 것도 좋고. 뭐가 되었든 하나만 적고서 스스로의 이야기에 귀 기울여보자. 그동안 미처 몰랐던 마음의 소리를 듣게 될지도 몰라.

작가 노트

바다를 실컷 봤어. 수영을 했어. 글을 썼어. 적고 보니 정말 아름답다는 생각이 드네. 바다와 수영과 글이라니. 이렇게 아름다운 단어들을 하루에 가득 담고도 나는 부끄러워했구나. 남들이 손가락질할 것 같았어. 숙제 안 해놓고 놀이터에 다녀온 아이마냥 혼날 것만 같았지. 그런데 '나'만 놓고 봤더니, 나는 오늘 정말 나답게 비진도를 사랑했네! 오늘의 나는 참 솔직하고 멋졌네!

나의 노트:

다른 건 다 못해도 이건 꼭 해야 해, 통영의 '섬 여행'

통영을 이야기 할 땐 역시 미륵산의 정기를 따라 바다 곳곳에 흩어져 있는 570여 개의 섬들을 빼놓을 수 없다. 이렇게 주변에 많은 섬을 가진 바다 마을은 국내엔 통영 말곤 없다. 이러한 천혜의 자연을 곁에 두고 한 달이나 있으면서 다양한 섬에 가보지 않는 것은 말이 안 된다. 통영 살이의 가장 큰 특혜는 뭐니 뭐니 해도 '섬 여행'이니까.

통영항 여객선 터미널과 삼덕항을 통해 들어갈 수 있는 섬들은 비진도 외에도 욕지도, 소매물도, 연화도, 사량도, 한산도에 이르기까지 수없이 많다. 물론 섬을 모조리 둘러볼 수 있다면 금상첨화일 것이다. 하지만 모든 섬을 한 달 동안 왔다 갔다 하기는 체력이나 시간도 부족할 뿐더러 예산도 문제다. 아무리 가까운 섬이라 해도 다녀오는 데에 왕복으로 1만 원 이상은 소모되니 한 주에 몇 번씩 가기는 조금 무리가 따른다.

그렇기 때문에 못해도 한 달 동안 섬 두 곳 정도는 다녀오기를 추천한다. 통영 섬 여행은 본인의 여행 성향에 맞추어 골라보자. 아래 몇 가지 콘셉트를 나누어둔다.

1. 바다에서 빈둥빈둥, 한량파

묻지도, 따지지도 않고 비진도. 트레킹이나 섬 곳곳을 둘러보기보다 해수욕장에서 휴양을 즐기기에 제격인 섬이다. 아름다운 바다색과 이국적인 풍경을 보고 있으면 멀리 해외로 여행 가지 않아도 충분하다고 느끼게 된다.

2. 등산 짬밥 좀 되는 나, 섬에서는 탐험이 최고! 모험파

사량도를 추천한다. 사량도는 3시간 정도 걸리는 트레킹 코스가 유명한데, 등산이 처음이거나 운동량이 부족한 사람이라면 쉽사리 옥녀봉까지 오를 수 없다. 하지만 힘들게 오르고 나면 그 풍경은 가히 장관이라 할 만하다. 그 어떤 섬의 풍광보다 아름답기로 명성이 자자하다.

3. 여행 일정은 합리적으로! 알뜰 절약파

당일치기로 다녀오기 가장 좋은 섬 중 하나는 단연 한산도이다. 통영항에서 20여 분이면 도착하므로 다른 일정도 함께 계획에 넣을 수 있다. 이순신 장군을 기릴 수 있는 수군 사령부 유적지 제승당도 있어서 아이들과 함께 가족 여행하기에도 좋다.

4. 금강산도 식후경! 미식파

개인적으로 욕지도를 추천한다. 물론 다른 섬에도 맛있는 향토 음식을 선보이는 식당들이 있지만 욕지도 고등어회를 놓치면 아쉽다. 욕지도에서만 먹을 수 있는 선도와 식감을 자랑하기 때문이다. 고등어회로 식사 후 고구마 파운드케이크로 디저트를 즐기는 것도 추천한다. 고등어와 고구마는 욕지도의 특산물로 유명하다. 모노레일 경관 중 최고라는 욕지도 모노레일 뷰와 출렁다리 트레킹 코스도 언급하지 않으면 서운한 포인트!

Day 12 희망을 잃지 않았던 것은 남몰래 시를 썼기 때문인지도 몰라

_ 박경리와 서피랑 마을

서피랑 마을이 있다는 말을 들었을 때, 동피랑 마을 근방 서쪽에 있는 마을이겠거니 생각했다. 동피랑 마을은 통영에 대해 아무것도 모르던 시절에도 이미 여러 번 들어봤을 만큼 소문난 관광지 중 하나다. 반면 서피랑 마을은 '피랑 마을'이라는 단어 외에는 익숙한 것이 하나도 없었다.

동피랑 마을과 마주하고 있는 서피랑 마을은, 동피랑 마을 덕분에 관광 지역으로 알음알음 소문나고 있는 중이다. 하지만 서피랑 마을을 찾는 관광객 가운데에는 "별거 없네." 하며 실망하는 부류도 많단다. 그도 그럴 것이 서피랑 마을은 동피랑 벽화 마을과는 달리, 조금 더 사람 사는 동네의 냄새가 강하기 때문. '서피랑'이라는 동피랑 마을과 셋트인 듯한 이름이 없었다면 그냥 평범한 주택가 동네일 뿐이다. 특이점이 있다면 한국 문학의 대가인 박경리 선생의 생가가 있다는 점.

나는 그 점이 좋았다. 한적한 오후의 서피랑 마을은 나를 이방인이 아닌, 아는 사람으로 맞이해주는 듯했다. 누군가에게는 일상인 이곳으로 침범하듯 들어온 것은 나였기에, 대낮의 평화를 만끽하면서도 발걸음은 조심스러웠다. 조용한 서피랑 골목으로 실처럼 가느다란 햇살이 간간하게 파고들었다. 가느다란 그 햇살이 시의 한 구절처럼 내 마음을 건드렸다. 바닥에는 다양한 문양과 알록달록한 색감으로 채색된 맨홀 뚜껑들이 눈에 띄었다. 어디서도 보지 못한 작품이었다. 입구에서부터 마주쳤던 다채로운 패턴의 맨홀 뚜껑들은 마치 여러 디자인의 패브릭 샘플을 들춰보는 듯한 재미가 있었다. '통영은 역시 예술의 도시구나!' 하고 생각했다. 일상의 찰나가 모여 아기자기하고도 다채로운 작품을 만들어내는 도시. 우리나라에 이런 곳이 통영 말고 또 있을까.

서피랑의 햇살을 시구처럼 느낄 무렵, 마을 곳곳에 실제로 박경리 선생의 소설이나 시 한 구절이 적혀 있음을 알게 되었다. 그 글귀들은 선생이 직접 나에게 조용조용 책을 읽어주는 듯한 아늑함을 선사했다. 내가 이토록 평온하게 그녀의 글귀들을 받아들일 수 있다니 송구했다. 활자의 감옥에서 주술에 걸린 죄인이 된 심정으로 한 권 한 권 집필했다던 그녀의 인터뷰가 떠올랐기 때문이다. 그저 쓰고 쓰고 또 쓰기 위하여 포기하는 것이 많아야 했던 삶. 글을 쓰는 것을 업으로 삼고 싶다고 감히 말한 나지만 쉽사리 상상할 수 없는 삶이었다.

골목 안쪽 하얀 벽에 새겨진 '희망을 잃지 않았던 것은 어쩌면 남몰래 시를 썼기 때문인지도 모른다'라는 그녀의 시 한 구절이 눈에 들어왔다. 1988년에 발간된 시집 〈못 떠나는 배〉의 서문에 실린 문장 중 하나다. 그 구절에서 시와 글을 향한 그녀의 애정과 파란만장했던 삶을 동시에 떠올릴 수 있었다. 벽에 새겨진 그 문장이 따로 떨어져 나와 내 눈앞으로 가까이, 더 가까이 다가오는 것만 같았다. 감히 비교할 수 없다는 걸 잘 알지만 내 인생,

다양한 문양과 알록달록한 색감을 자랑하는 맨홀 뚜껑

서피랑 마을뿐만 아니라 통영 시내 곳곳에서 만날 수 있는 박경리 선생의 글과 사진

내 삶과 비교해보지 않을 수 없는 문장이었다. 사실 인생의 파란과 경험의 경중은 어떤 객관적인 기준으로 따질 수 없는 것 아닌가. 한국 문학의 거목인 박경리 작가라면, 내가 그녀의 글을 읽고 내 인생을 떠올린다고 해서 결코 비웃지 않을 것이다.

모두의 인생엔 공평한 고락苦樂이 있다. '락'만 있는 인생은 없으니까. 그렇다면 '고'의 책장을 넘기는 시기에는 어떻게 버텨야 할까? 언제나 그 물음을 생필품처럼 챙기고 사는 나에게, 박경리 선생의 문장은 큰 울림으로 돌아왔다. 또 하나의 새로운 고를 만들게 될지 모른다 해도, 희망을 잃지 않기 위해 남몰래 할 수 있는 무언가가 있다면 인생은 그런대로 살아지는 것이 아닐까? 나에겐 그것이 무엇일까? 가장 먼저 떠오르는 대답은 단연 여행, 그리고 글. 두 가지가 없다면 고의 시간을 버티기가 쉽지만은 않을 것이다. 이렇게 간단한 대답이었거늘, 매일 같은 곳을 다니고 매일 같은 사람들을 만나며 그것이 마지막까지 정해진 내 인생의 전부라 믿으며 살 때는 절대 떠오르지 않았다.

서피랑 마을에서 내가 만날 수 있는 박경리 선생의 흔적이라곤 벽에 남은 글자들뿐이었지만, 그 어떤 실물보다 분명한 답이 되어주었다. 여태껏 교과서같이 느껴지던 그녀가 조금 더 친숙하게 느껴졌다. 어디서든 서피랑 마을을 떠올리면 단연, 박경리 선생이 가장 먼저 떠오를 수밖에 없을 것 같다.

발길이 닿는 대로 서피랑 마을 곳곳을 걷다 보니 박경리 선생의 생가에 이르렀다. '지금 이곳에는 박경리 작가와 연고가 없는 일반 통영 시민이 거주 중'이라는 팻말이 붙어 있었다. 붉은 벽돌 주택이라는 것 외에는 전혀 특별한 점이 없는 민가였다. 일반 시민이 거주하고 있다는 말인즉슨, 내부를 둘러볼 수 없다는 뜻. 박경리 선생의 생가가 있다니 번듯한 기념관 같은 건물이 들어서 있을 줄 알았는데 당혹스러웠다. 다시 발걸음을 돌릴 수밖에 없었다.

서피랑 마을을 이렇게 정처 없이 걷다 보면 99계단을 발견하게 된다. 관광객들에게 가장 잘 알려진 공간이기도 하다. 벽화로 알록달록 꾸며진 그다지 특별할 것 없는 계단이지만 계단을 오르면 서피랑 전망대와 서포루에 자연히 가닿게 된다. 어린 여학생들 몇 명이 계단에 서서 인증 숏을 남긴다. 높은 지대로 오르는 계단이라 아래에서 찍으면 푸르른 하늘과의 조화가 제법 그럴듯하다.

서포루는 동피랑 마을의 동포루보다 훨씬 널찍하고 주변 환경이 정돈되어 있는 인상이다. 동포루가 관광객들의 사진 스폿 느낌이 강하다면, 서포루는 잊혀진 유적지 같다고 해야 할까. 서포루에 오르니 맞은편 동피랑 마을 동포루가 훤히 보인다. 같은 날 두 마을을 다 방문한 것도 아닌데, 괜히 동피랑 마을을 갔다가 뒤이어 서피랑 마을로 바로 온 듯이 반갑다. 조금 전에 헤어진 친구를 우연히 길에서 다시 만난 기분이랄까.

서포루와 99계단을 뒤로 하고 마을 입구로 다시 내려올 때쯤에는 그렇게 많이 걸었음에도 불구하고 푹 자고 일어난 사람처럼 몸이 가뿐했다. 힘든 순간을 버티기 위해 선택한 내 방식이 옳았다는 혼자만의 답을 얻어서일까? 작은 깨달음을 얻어 경쾌해진 내 발걸음과 달리 서피랑 마을은 처음 도착했을 때처럼 고즈넉하기만 하다.

Day 13

마음에도
근육이 필요해

한동안 운동을 못 했다. 서울에서는 매일 아침 눈을 뜨자마자 센터에 나가 요가를 하고 필라테스도 한다. 주말 이틀을 제외하곤 운동을 거르는 법이 없다. 대략 5년 가까이 된 나의 오랜 습관이다. 꾸준히 운동한 이후로 하루의 시작이 조금 더 활기차졌다. 그리고 알 수 없는 자신감이 생겼다. 하루 한 시간은 전체 인생에 비하면 짧디짧은 시간이지만, 그동안 오롯이 내 몸뚱이 하나로 버티고 이기고 결국 쟁취해내는 자기만족의 순간! 그 짧은 시간들이 모이고 모이면 정신까지 단단해진다. 몸이 단단해지는 것은 물론 말할 것도 없다.

한 날 살이들 하러 동영에 내려온 뒤, 센터의 존재 덕분에 내가 여태껏 지탱해왔음을 알게 되었다. 일전에 방콕이나 치앙마이에서 한 달 이상 지낼 때는 숙소에 체력 단련실과 수영장이 딸려 있다는 명분 아래 서울에서보다 더 열심히 운동할 수 있었다. 하지만 통영에서는 그게 불가능했다. 숙소 근처 필라테스 센터나 헬스장 가운데 한 달 정도 등록할 만한 곳은 없었다. 졸지에 갈 곳을 잃은 나는 달리기로 했다. 어디를? 숙소 앞 죽림해안로를!

7월의 통영은 아침부터 햇살이 뜨겁다. 무방비 상태로 달리다가는 얼굴과 팔이 성하지 않을 것 같다. 말 그대로 작열하는 태양이 정수리로 내리꽂힌다. 통영 버스 터미널 근처에 있는 이마트에 들러 팔을 보호해준다는 쿨 토시와, 얼굴을 가릴 복면을 샀다. 그런데 복면 쓰는 법을 잘못 안 걸까? 쓰고 나니 무장 단체의 행동 대장 같기도, 히잡을 쓴 여인 같기도 하다. 아침마다 달리겠다는 일념 하나로 그 흉측한 몰골을 하고서 길을 나섰나. 무장하고 달리니까 그래도 살 것 같았다. 달리기는 유산소 운동이라 근육은 안 생긴다고? 모르는 소리! 러닝 선수들의 몸을 보라. 달리기야말로 근육을 가늘고 얇게 붙여주는 데에 일등공신이다.

이렇게 하루를 운동으로 시작하지 않고는 못 배기게 된 이유는 '단단함'을 유지하고자 하는 열망, 그 하나다. 운동을 하면 일단 몸부터 단단해진다. 누구나 알듯이, 꾸준하게 운동을 하면 근육이 붙는다. 물론 하루 이틀로는 안 된다. 3개월, 6개월, 1년이 넘어가기 시작하면 확실히 달라진 몸의 결이 느껴진다. 곧추선 허리, 어깨를 따라 내린 팔, 허벅지 등 몸 곳곳의 촉감이 달라진다.

근육이 단단히 붙으려면 일단 '상처'가 필요하다. 같은 부위에 반복적인 동작으로 압박을 주다 보면 근육에 미세한 상처가 생긴다. 운동 후 적절한 영양분을 섭취하면 그 미세한 상처가 회복됨과 동시에 근육이 그 위로 한 꺼풀 더 덮이게 되는데, 이것이 근육의 생성 과정이다. 이런 과정을 설명하고 있자니 마치 헬스 트레이너가 된 기분이다. 처음 근육 생성 과정을 알게 되었을 때 '헉!' 하고 놀랐기에 언급하지 않을 수 없다. 이야기를 듣는 순간 마음의 근육도 같은 과정을 지나 단련된다는 생각이 불현듯 들었기 때문이다.

우리는 항상 긍정적인 생각이 마음의 문제를 해결한다고 믿는다. 물론 긍정적으로 생각할 때 희망이 보이는 것은 사실이다. 하지만 그 어떤 상처의 경험 없이 살겠다고 다짐하는 것은 어폐가 있다. 인생의 희로애락은 우리가 피한다고, 외면한다고 사라지는 것이 아닌 인간사의 순리이기 때문이다. 내면을 긍정으로만 채운 사람은 없다. 아픔 속을 파고 들어가 그 아픔과 철저히 하나가 되어야 비로소 긍정적인 마음을 가질 수 있지 않을까.

몸의 근육이 찢어지고 다친 이후에야 회복을 거쳐 한 꺼풀의 근육이 덮이고 단단해지듯이, 마음의 근육도 다치고 갈기갈기 찢어졌다면 일단 내가 다쳤다는 사실부터 받아들여야 한다. 그리고 이런 상황이 앞으로 또 오더라도 '나는 언제든 치유할 수 있고 더 강해질 수 있다'는 점을 명심해야 한다. 그다음에는 정말로 푹 쉬고 맛있는 것 먹고 여행도 하고 생각의 전원을 끄고, 그렇게 회복하면 된다. 그러면 반드시 마음 위에 근육이 덮여 단단해진다. 상처 입는 과정이 없다면 마음에 근육이 붙기 힘들다.

휴식을 통한 회복은 운동에나, 마음에나 정말 중요하구나 다시 한 번 실감했다. 상처 입은 마음이 아무짝에도 쓸모없는 것이 아니라는 사실을 알았으면 잘 휴식하고, 잘 회복하는 게 정말 중요하다. 상처만 계속 받고, 그 상태로 아물지 않으면 근육통이 생긴다. 근육이 늘지 않는 것도 당연하고 말이다. 그렇게 생각하니 '나는 지금 통영에 와서 마음의 회복을 정말 제대로 하는구나.' 싶다.

정말 오랜만의 조깅이었다. 하고 나니 확실히 몸이 가볍다. 끝없이 이어진 바닷길을 따라 달리는 기분은, 복면으로 안면 무장을 했다 해도 상쾌하기 그지없다. 근력 운동만 하다가 간만에 유산소를 했더니 의외로 하체 근력 운동을 할 때 안 쓰던 근육을 쓴 듯한 기분도 든다. 달리기 정도는 별거 아니라 생각했는데, 오랜만에 뛰니 종아리 뒤쪽이 제법 아프다. 오랫동안 잊고 있던 새로운 근육이 쓰였군. 잘 챙겨 먹고 잘 자고 며칠 더 달리면, 달리는 근육이 잘 단련될 것이다.

바다 앞 카페에 앉아 글을 쓰고, 바다를 보고, 맛있는 음식을 먹고 오늘 하루도 그렇게 회복의 하루를 보내야지. 몸의 근육과 마음의 근육이 넉넉하게 회복되고, 그래서 또 한 꺼풀 단단해질 수 있는 그런 하루. 통영에서 한 달을 지내기로 한 것은 몸과 마음 모두에게 공평한 결정이 아닐까.

절로 달리고 싶어지는 통영의 해안로

Day 14

음악 하나면 그게 어디든 영화가 돼

_ 통영 재즈 웨이브

터널 같은 인생의 암흑기를 지날 때 음악이 없다면 우리 삶이 버틸 수 있을까? 나는 버틸 수 없을 것만 같다. 대학에서 순수 미술을 전공했지만 인간의 삶을 제대로 구제할 수 있는 예술 중의 예술은 음악이라고 말하고 싶다. 음악에는 정말 그런 힘이 있다.

끝을 알 수 없는 어둠 속에 갇혀 있다고 느끼던 시절마다 내 곁엔 음악이 있었다. 당장 여행을 떠날 수 없는 형편이고 무기력감에 휩싸여 글을 한 줄도 쓸 수 없을 때, 그런 순간에도 음악만은 손 뻗으면 닿는 거리에서 날 기다려주었다. 아침에 일어나 일터로 나설 준비를 하며, 지하철역으로 향하는 길에, 목적지로 향하는 버스 안에서, 누군가를 기다리며, 또다시 집으로 돌아오는 길에, 일할 때, 글을 쓸 때, 잠들기 전 짧은 순간에조차. 음악은 현실에 발붙이기 힘든 내가 잠시나마 도피할 수 있게 해주었다. 귀에 항상 꽂고 있던 이어폰은 세상과의 단절과 다름없었다.

음악이 재생되는 순간, 세상과 나 사이에는 블러 처리된 것처럼 은근한 막이 하나 생기는 기분이 든다. 마취 주사를 맞은 듯 얼얼하게 현실 감각이 마비되는 느낌. 시험이란 시험엔 번번이 낙방하고, 지원이란 지원은 모조리 떨어지는 순간에도 음악을 틀면 나는 청춘 영화의 주인공이 된다. 연인과 다투고서 말 못할 꼴로 헤어졌을 때는 세상에 다시 없을 비련의 여주인공이 되고, 아무 생각 없이 지친 몸을 기대어 돌아오는 막차 버스에서는 독립 영화의 한 장면 속에 있는 듯한 착각. 음악 속에서 현실 감각은 마비되지만 다른 차원의 감각은 활짝 열린다. 그래서 인생의 힘든 시기에 음악으로 위로를 받으면, 오히려 새로운 감각으로 빚은 무언가를 얻게 된다. 미술 작품 혹은 내면의 깊이가 묻어나는 글, 오로지 상상을 기반으로 한 어떤 아이디어, 그런 예술적인 것들 말이다. 배부르고 등 따시면 작품이 안 나온다고 말하는 이들이 괜한 말을 하는 것은 아닐 터. 그런 경우에는 또 나름대로 음악의 힘을 빌어 돌파구를 마련하면 되지 않을까?

지치고 힘든 날 통영을 찾아 안식을 꾀하고 있는 내게, 재즈 웨이브는 놓칠 수 없는 강장제가 아닐 수 없었다. 재즈 웨이브는 통영국제음악당 야외 테라스에서 해가 진 시각에 비어가든과 함께 열렸다. 음악이 구질구질하고 지옥 같은 내 인생을 한순간에 영화의 한 장면으로 만들어준다면, 재즈는 내 비극을 보다 멀리서 관전할 수 있는 힘을 준다. 때때로 비극을 '희극'으로 바꿔주기도 하고. 게다가 통영, 바다, 여름밤, 맥주, 그리고 재즈. 이 조합을 놓치는 것이 말이 되는가? 내 영혼은 이로써 완전히 치유될 운명을 앞두고 있었다. 생각만으로도 며칠간 설렜다.

그리고 대망의 오늘, 대략 5시 30분 즈음 언제나처럼 도남동에 갈 때 타는 101번 버스를 탔다. 재즈 웨이브의 본격적인 연주는 오후 7시 30분부터 시작했지만, 국제음악당이 '비어가든'이라는 이름으로 준비한 맥주를 즐길 수 있는 야외 테라스는 오후 6시 30분부터 오픈이었다. 맥주와 간단한 안줏거리를 판다니 공연 전에 자리 잡고 간단한 요기를 할 셈이었다. 금강산도 식후경이라는 말이 목숨처럼 중요한 나에겐 비어가든이야말로 재즈 웨이브에 가야 할 확실한 명분이었다.

통영국제음악당은 이미 많은 사람으로 가득 차 있었다. 며칠간 인터넷에 재즈 웨이브를 검색해봐도 정보는 소수였고, 기다리는 이도 나밖에 없는 것 같다는 느낌이었다. 왠지 오늘 현장에 가더라도 텅텅 비어 있겠거니 했는데, 웬걸. 정말 많은 통영 사람들이 예술을 향유하고자 하는 욕망을 억누르고 있었구나 하는 생각이 들었다. 이런 기회나 플랫폼 자체가 통영을 비롯한 다른 소도시에서 더욱 활발하게 진행될 수 있다면 더할 나위 없을 텐데. 그런 의미에서 다양한 국가의 음악인들이 모여 국제적으로 소통하는 국제음악당을 통영에 설립한 것은, 굉장히 현대적이고 혁신적인 결정이었다고 본다. 모든 예술적 시도를 서울을 기점으로 생각하는 시야에서 벗어나, 각 도시의 매력을 살려 함께 진화하는 방식은 상당히 미래적이다. 통영은 해양 도시이지만 분명 대한민국 대표 예술 도시이기도 하다.

그렇게 숙명적으로 예술을 사랑하게 된 통영 시민들과, 또 어떻게 알고 찾아왔는지 모를 몇몇의 외국인들, 그 사이에 통영 한 달 살이를 하러 온 나, 또 나처럼 타지에서 왔을지 모를 이들이 함께 모여 음악당 야외 테라스 곳곳을 채웠다. 비어가든 한구석에서는 그릴에 고기 굽는 냄새가 초여름 밤의 설렘을 타고 흘렸다. 테라스에 쫙 깔린 좌석 앞으로는 이미 옅은 어둠이 깔려 어디가 바다이고 하늘인지 모를 청보랏빛 풍경이 펼쳐졌다. 해가 기운 하늘에는 군데군데 기하학적 모양의 구름이 번져 있었다. 바다로부터 불어와 고기 굽는 기름내를 간간이 덮는 바람결에서 레몬 솔트 향이 났다. 어느 향수에서 느껴보았던 시트러스 계열의 그 향. 통영의 밤, 바다에서 불어오는 바람에는 그 향이 담겼다. 조향사들이 물 내음의 향을 만들 때, 괜히 시트러스를 사용하는 게 아니라는 것을 통영에 와서 몸소 느낀다.

그렇게 통영의 저녁 바다를 한껏 탐닉할 즈음, 공연은 시작되었다. 샘과 조슈아라는 외국인 연주자 두 명과 또 다른 외국인 드럼 연주자, 한국인 남성 연주자들 세 명으로 구성된 5중주 공연단이었다. 샘은 색소폰, 조슈아는 트렘펫 담당이었다. 정확한 국적은 알 수 없었지만 미국을 주 무대로 활동한다고 했다. 메인에 선 두 연주자는 훤칠한 외모 덕분에 영화배우가 아닌가 하는 의심이 들 정도였다. 외모로 사람을 판단하면 안 되지만, 밤바다와 맥주를 앞에 두고 헐리웃 배우 같은 두 남자가 재즈를 연주하니 황홀함은 배가 되었다. 모든 것이 완벽하게 환상적이었다.

가볍고 톡 쏘는 청량한 맛의 스파클링 와인이 끌리는 날이 있다면, 어쩐지 묵직한 바디감의 진한 초콜릿향이 느껴지는 레드 와인이 끌리는 날도 있기 마련인데 오늘이 그날이었다. 다섯 연주자가 호흡을 맞춰 연주한 재즈 음악이 나에게 레드 와인 역

폭풍 전야의 하늘을 배경으로 흐르는 재즈 음악과 스파클링 와인 한잔

할을 해주었다. 그만큼 연주의 선율은 깊고 풍부했다. 시원한 여름밤, 차가운 맥주를 마시며 재즈를 듣고 있자니 모든 것이 비현실적으로 느껴졌다. 음악은 쓰라린 현실을 얼얼하게 마비시켜 잠시나마 통증을 잠재우기도 하지만, 행복하고 설레는 순간을 두 배로 증폭시키기도 한다는 사실. 오랫동안 잊고 있던 음악의 순기능이 다시금 떠올랐다.

통영에 처음 오던 날 나는 방전된 기계처럼, 어딘가 결핍된 사람이었다. 그런데 2주가 지난 지금, 싱싱한 여름날의 식물 같은 내가 있다. 통영의 햇빛, 바다, 땅의 양분을 가득 받은 통영 살이 2주 차의 나. 비어가든에 자리를 잡고 재즈 웨이브의 공연을 기다리던 그 순간부터, 나는 이미 너무 행복했었나 보다. '무한 긍정' 같은 단어는 어색한 거짓말쟁이가 되는 것 같아서 싫다던 내가, 행복과 설렘이라는 말밖에 모르는 사람처럼 하루를 보낸 것이다.

갑자기 강한 바람과 함께 자잘한 빗방울이 떨어지기 시작했다. 가랑비쯤은 미스트로 여기자며 꿋꿋이 공연장을 지켰다. 그러는 사이 빗발은 점점 굵어지고 사람들이 서서히 공연장을 떠나기 시작했다. 공연은 아직 한 시간 넘게 남아 있었다. 더이상 앉아 있기 무리라고 생각될 정도로 바람이 심해졌다. 눈앞에 펼쳐진 하늘과 바다가 마치 포세이돈이 등장하기 직전의 풍경 같았다. 뇌우만 번쩍이면 완벽할 정도의 음산함. 하지만 그 와중에 들리는 재즈가 어쩐지 더 퇴폐적이고 관능적으로 느껴져 다시 한 번 설레버린 나지만.

결국 공연은 중단되었고 비가 잦아들면 공연을 재개하기로 했다. 나는 이쯤에서 자리를 털고 일어섰다. 남은 연주를 듣지 못했지만 이 정도면 오늘 나에게 수혈할 음악의 양은 충분했다. 악천후와 찜찜함을 도저히 못 참는 내가 '지금 이 분위기 어쩐지 섹시해!'라고 생각할 정도였으면 뭐, 충분한 거다. 잘생긴 두 외국인이 연주한 재즈 음악과, 음전한 통영 밤바다의 풍경과, 마지막에 내려준 거센 폭풍우까지. 오늘의 영화는 처음부터 끝까지 완벽했다. 그런 생각을 하며 숙소로 가는 택시에 올라탔다.

택시 창밖에 계속해서 빗방울이 부딪쳤다. 택시에서는 러시아 민요 느낌의 음악이 흘러나왔다. 기사님은 다행히도 말수가 적었다. 차창에 기대 멍하니 생각에 잠겼다. 재즈 공연장을 떠나 집으로 향하는 여주인공은 바로 나. 이 영화 엔딩 장면까지 분위기가 아주 끝내주네.

+시크릿 페이지 3

그런대로 버텨지는 마법, 내 인생의 배경 음악

음악은 내 감정을 오롯이 느낄 수 있는 수단이야. 우울하고 슬플 땐 신나는 댄스곡을 들으며 기분 전환한다는 사람들이 많지? 그런데 나는 울적할 땐 우울감에 충실할 수 있는 음악, 무언가에 설렐 땐 그대로 두근거림에 푹 빠져버릴 수 있는 음악, 그런 음악을 원해. 오히려 감정에 있는 그대로 빠져들면 벗어나려고 애쓸 때보다 훨씬 수월하게 그 순간을 넘길 수 있더라. 물론 감정을 있는 그대로 받아들이는 건 늘 두려워. 음악은 그렇게 두려움에 사로잡힌 내가 현재의 감정에 자연스레 빠지도록 해주지. 어떤 감정에 푹 몸을 담그고 나오면 다른 감정으로 갈아타는 힘도 생기는 것 같아.

아마 누구나 '내 인생의 테마별 오에스티OST' 가 있을 거야. 그것을 막연히 기억하는 것보다 적어두고 확실히 마음에 품으면 왠지 든든해지는 기분이야. 폭풍 같은 감정의 순간도 드라마나 영화를 보는 관객이 된 심정으로 넘어갈 수 있을 것만 같거든.

1. 오존O3ohn – somehow

나른한 날 꼭 들어야 하는 노래. 비 오는 날 밤, 창밖으로 골목의 할로겐 불빛을 바라보며 들으면 기억의 안개 속을 걷고 있는 듯한 느낌이 든다. 나른한 기운이 가득한 늦은 오후나 노을이 질 무렵에도 위로가 되는 노래.

2. 프롬올투휴먼From all to human– Don't be dissapointed

무기력함에 빠져서 하던 일도, 새로 시작할 일도, 무엇 하나 건드릴 엄두가 안 날 때 듣는 노래. 보컬의 달콤한 음색에 지친 마음이 녹는 것은 덤. 듣다 보면 산책이 하고 싶어지는 걸로 봐서, 이 노래는 삶의 의욕이 샘솟도록 돕는다.

3. 강수지– 흩어진 나날들

지칠 대로 지쳐 그냥 방전된 채로 있고만 싶을 때 듣는 노래. 가사와 상관없이 80년대 후반, 90년대 초반의 노래가 주는 깊은 정서가 있다. 가수의 청초하지만 단단한 음색도 좋다. 이 노래는 늦은 저녁 피곤할 때, 시내버스에서 창문에 머리를 기댄 채 들으면 가장 좋다.

4. 나미 – 가까이 하고 싶은 그대

90년대에 발매된 곡이라는 사실을 믿을 수 없을 만큼 트렌디하다. 2020년에 나온 노래도 이 이상 나의 감성을 충족시키지 못하니까. 유튜브 '전용현 채널'의 전용현 리믹스Remix 버전을 통해 먼저 알게 되었는데 원곡과 리믹스 버전 둘 다 매력이 있어서 골고루 수시로 듣는다. 듣는 것만으로도 나미의 매력이 나에게까지 전이되는 것 같다.

5. 윤종신 시티 팝– welcome summer, summer man, 그래도 summer

언제부턴가 월간 윤종신은 시티 팝으로 점철되는 거냐며 툴툴대는 댓글이 달릴 때마다 내 마음이 철렁한다. 제발, 계속, 내가 그의 시티 팝을 들을 수 있게 내버려달라. 우려와 달리 2020년 6월호로 '그래도 summer'가 발매되어 불안초조하던 내 마음을 달래주었다. 어디로도 떠날 수 없을 때, 윤종신의 시티 팝과 함께 설움을 달래보자. 한여름 지열이 올라오는 아스팔트 위에서도 윤종신의 시티 팝이라면 살 만해진다. 요즘 나오는 시티 팝들은 대부분 청량하고 상큼한 보컬이 주를 이루지만, 윤종신의 시티 팝에는 90년대를 제대로 지나온 50대 남성 목소리가 전하는 '진짜배기' 아날로그 감성이 있다.

6. 죠지– boat

명실상부 통영의 배경 음악이라고 하고 싶다. 통영에서 배를 탈 일이 있다면 이 노래를 꼭 함께 듣길. 처음 듣던 날, '갓 잡아 올린 생선을 회 쳐서 먹어'라는 가사에 귀를 의심했다. 하지만 지금은 그 가사만큼 바다 위 배 한 척에 의존해 떠다니는 기분을 생생하게 표현할 순 없다고 생각한다. 통영 바다가 그리워지는 밤이면 이 노래 하나로 내 방에 불빛 하나 켠 작은 쪽배를 띄울 수 있다.

7. 유튜브 채널 'Mellow Groovy Sounds'

시티 팝과 80년대 어덜트 컨템포러리, 소프트 록 장르의 올드 팝들이 가득한 채널이다. 듣는 순간 시야의 모든 장면이 영화가 된다. 여행을 안 가고도 지중해 한가운데에서 새하얀 돛의 요트를 타는 듯한 기분을 느낄 수 있다.

8. 서교동의 밤– Walking in the moonlight

몽환적인 기분을 덧칠하고 싶을 때 필연적으로 듣게 되는 노래. 사실, '서교동의 밤'이라는 팀명에 홀린 듯 그들의 음악을 듣기 시작했다. '밤' 또는 '달'과 같은 글자는 나를 언제나 설레게 한다. 서교동의 밤이라는 팀명을 처음 들었을 때 머릿속에 떠오른 느낌표, 'Walking in the moonlight'은 그것을 계속 느끼게 해준다. 통영의 밤하늘에 달이 하얗게 걸린 날엔 당신도 이 음악을 재생하며 밤의 해안로를 산책할 수 있길.

3rd
Week

인생의 문제는 잘 먹으면
반 이상 해결되더라

Day 15 내 인생의 소울 푸드

_ 원조밀물식당 갈치호박국과 멍게비빔밥

맛있는 음식을 먹는 순간만큼 삶의 애환을 제대로 달래주는 순간이 있던가. 괜히 지치고 사는 게 피로한 순간, 그 속을 제대로 달래주고 풀어준 것은 8할이 음식이었다. 여행지에서 만나는 그 지역에서만 먹을 수 있는 음식이라면 그 위로의 힘은 배가 된다.

오늘 찾은 통영 중앙시장의 원조밀물식당에서 앞으로도 몸과 마음이 지칠 때 기대고 싶어질 것이 분명한 음식을 대접받았다. 더불어, 내 인생에 없던 기억을 만들어주기까지 했다. 나의 외갓집은 분명 서울에만 있었는데 마치 통영에 외가가 있었던 것 같은 기억의 조작. 여름 방학마다 통영 외할머니댁에 내려와 먹었던 것만 같은 음식, 그래서 해마다 여름이 되면 생각날 법한 그런 음식을 오늘 원조밀물식당에서 먹었다.

이름도 생소한 갈치호박국. 갈칫국이라면 제주에서만 맛보았던 음식 아닌가. 바닷가에 가야만 갈치를 국이나 회로 먹을 수가 있다. 갈치 같은 생선은 조금만 선도가 떨어져도 비린내가 심해지면서 맛이 바로 나빠지기 때문에, 서울에서는 웬만하면 구이나 조림 요리로 먹을 수밖에 없다. 내가 아는 그 갈칫국이 맞는 듯한데, 갈치와 호박이 원래 조화로운 사이던가? 그 조합이 생소했다.

갈치호박국은 원조밀물식당에 사계절 내내 선보이는 음식은 아닌 듯했다. 여름 계절 특미라고 쓰여 있었으니까. 그렇다면 여름에만 먹을 수 있는 이 갈치호박국을 당연히 시켜야겠지. 그리

원조밀물식당의 갈치호박국과 멍게비빔밥

고 통영에 와서 너도나도 먹는다는 멍게비빔밥을 함께 주문했다. 통영의 멍게비빔밥이 그렇게 꿀맛이라는데, 집에서 봉지 멍게를 사다가 고추장에 비벼 먹는 홈메이드 멍게비빔밥과는 얼마나 다를지 사뭇 기대되었다.

갈치호박국은 심플한 비주얼을 자랑했다. 맑은 국물에 밝은 연둣빛 호박이 투박하게 썰려 있었고, 송송 썬 고추가 고명으로 얹혀 있었다. 토막 갈치는 실하고 두툼했다. 멍게비빔밥 역시 심플했다. 잘게 다진 멍게와 깨소금, 김가루, 참기름이 전부였다. 둘 다 학창 시절 급식실에서 받았던 스테인리스 국그릇과 같은 데에 담겨 나왔다. 어쩐지 이런 솔직하고 꾸밈 없는 비주얼은 항상 그 맛이 더 기대가 된다. 그만큼 내실 있다는 뜻으로 비춰지니까.

갈치호박국을 첫술 뜨는 순간, 만화에서 나오듯 눈이 뽕 튀어나오는 것만 같았다. 이토록 깊고 진한 생선국을 먹어본 적이 없다! 그러면서도 적당히 들어간 고추가 매콤하게 뒷맛을 사로잡는다. 고춧가루가 많이 들어간 빨간 국물을 공복에 먹으면 탈이 자주 나는 터라, 전날 과음을 해도 얼큰한 국물로 해장하기가 쉽지 않은데 갈치호박국은 담백하면서도 맑고 순해서 해장 전용으로 딱이지 싶었다. 서울에선 이 맛을 볼 수 없으니 어쩌랴. 벌써 걱정이 앞섰다.

멍게비빔밥 역시 한 숟가락 뜨자마자 지금까지 먹었던 멍게비빔밥은 진짜가 아니었다는 것을 실감했다. 들어 있는 거라곤 멍게, 깨소금, 김가루에 참기름이 전부인데 이런 환상적인 맛이 난다는 것은 멍게 본연의 맛이 뛰어나다고 볼 수밖에. 그동안 고추장에 슥슥 비벼 먹었던 멍게비빔밥이 생각나 억울해지면서, 새롭고도 간결한 이 맛에 감탄하지 않을 수 없었다.

원조밀물식당의 멍게비빔밥에는 고추장이 없다. 나는 왜 여태까지 멍게는 고추장에 찍어 먹는 것이 '공식'인 줄 알았을까? 멍게 특유의 향이나 맛을 느낄 마음의 준비가 미처 되지 않았던 것일지도 모르겠다. 멍게를 먹을 때면 초고추장에 담그다시피 푹 찍어 먹거나, 비빔밥을 만들어도 무조건 고추장을 듬뿍 넣고 빨갛게 비벼 먹곤 했던 것이다. 그런데 이 멍게비빔밥 맛을 보고 나서야 비로소 멍게의 맛이 어떠한지 알았다. 고소한 참기름에 비벼 먹는 생멍게의 맛. 해산물을 먹고서 그 맛을 이야기할 때 '바다가 가득 담겨 있다'고 하는 건 진부하다고 느꼈는데 이번엔 그 표현을 꼭 써야겠다. 원조밀물식당의 멍게비빔밥은 정말이지 통영의 바다가 가득 담겨 있는 맛이다. 그 본연의 맛을 다른 방해물 없이 오롯하게 느끼고 있는 내 자신이 대견해지는 맛! 자극적이지 않고 고소하면서도 바다를 가득 머금은 그 맛은 공교롭게도, 갈치호박국 국물과 궁합이 딱 맞았다.

갈치호박국과 멍게비빔밥. 이 두 조합은 정말이지, 인생 소울 푸드로 등극하는 기염을 토했다. 통영에 머무는 동안 반드시 또 찾아야 할 맛집 중에 맛집. 당장 내일 또 오고 싶은데 어쩌지.

술이라도 한잔하고 잠드는 날에는 어김없이 이 집에 와서 갈치호박국을 한 그릇 해야 할 것 같다. 내일도, 모레도, 통영에 있어서 정말 다행이다.

+오늘의 노트 6

두고두고 떠오르는 인생 메뉴

먹는 걸 좋아하다 보면 다채로운 음식의 풍미와 색채만큼, 인생도 한결 다채로워져. 내가 좋아하는 음식 이야기를 하는 것도 즐겁지만 다른 사람의 '소울 푸드' 이야기를 듣는 것도 그렇게 신날 수가 없어. '시食'의 재미를 아는 사람과의 대화는 음식들의 다양한 '미味' 만큼이나 화려하다고나 할까. 그런데 꼭 남들도 다 아는 음식만 열거할 필요는 없잖아. 나의 '소울'을 위로하는 나만의 음식이 진짜 중요한 거지!

작가 노트

1. 통영 원조밀물식당의 갈치호박국
말하지 않아도 알지, 내 마음?

2. 고민, 또 고민하다가 새벽에 끓여 먹는 컵라면
결국, 어쩔 수 없이 난 또 라면이야. 세상에 맛있는 음식이 많은 건 내가 누구보다 잘 알고 있지. 그래도 죽는 날 떠오르는 건, 먹을까 말까 하다 끓여 먹는 컵라면 한 젓가락 그 맛이 아닐까 싶어. 고민하다가 먹는 새벽의 컵라면은 왜 그렇게 맛있는지 모르겠어.

3. 좋은 술과 곁들인 한우
- 그냥, 어차피, 소고기더라. 고르고 고른 끝에 나는 꼭 그렇게 소고기로 결론을 내리지. 진짜 잘 아는 맛인데도 혹여 좋은 술이 생기면 '한우랑 먹자'가 되어버리는 거야. 여기서 포인트는 꼭 어렵게 구한 '좋은 술'.

나의 노트:

Day 16 배불리 먹고 드러누워 계세요

등 따숩고 배부르면 고생을 잊는다고들 한다. 내 기준으로 보자면 그 말은 꽤 일리가 있다. 사는 게 고달프고 지칠 때 맛있는 음식 하나로 모든 시름을 잊어본 적이 있는 사람이라면 크게 공감할 것이다. 그 음식이라는 것은 사실 별스럽지 않다. 편의점에서 산 컵라면에 소주 한잔이 될 수도, 퇴근하고 시켜 먹는 떡볶이에 튀김이 될 수도 있다. 어쨌든 중요한 건 허기를 채운다는 것. 위장이 든든해지면 각종 잡다한 스트레스로부터 자유로워지는 경향이 있다.

그래서 나는 친구가 우울하다거나 힘들어 죽겠다고 말하면 "일단 먹자"라고 한다. 처음에는 입맛 없다며 사절하던 친구는 막상 맛있는 음식을 차려주면 별수 없이 먹는다. 그렇게 함께 먹다 보면 또 맛있다. 열이면 열, 같은 소리를 한다.

"아, 나 진짜 며칠 동안 입맛 뚝 떨어졌었는데 너 만나서 먹으니까 또 들어가네."

그렇다. 웬만하면 먹고 난 뒤 기분이 나아진다. 엄마들은 먹어야 산다며 무엇이든 일단 먹으라고 말하는데, 아무거나 먹을 필요는 없다. 기왕이면 진짜 먹고 싶던 것, 맛있다고 소문난 걸 먹도록 하자. 지치고 울적할 때일수록 끝장나는 음식을 먹어야 한다. 평소 비싸서 못 먹던 음식도 이럴 때 먹으면 좋다.

나는 인생의 힘든 순간에 음식의 도움을 많이 받았다. 부적을 써서 액운을 쫓아내듯이, 나쁜 기운을 맛있는 거 많이 먹어서 쫓아냈다. 음식의 힘을 모르던 때에는 입맛이 없다고 끼니를 걸러서 정말 살이 쭉쭉 빠졌다. 하지만 그 패기는 일주일을 넘기 힘들었다. 자세히 기억나지는 않지만 아마도 고기 앞에서 정신을 차렸을 것이다. 마블링이 뽀얗게 차오른 한우 앞에서 식음 전폐 따위는 사치가 된다. 그렇다고 슬픔의 깊이가 얕았다고 여기지 마시길! 슬픔의 척도란 쉽게 단정 지을 수 없는 거니까. 단지, 내가 하고 싶은 말은 이거다. 기약 없이 단식 농성을 벌일 정도의 슬픔과 애절함이 아니라면 그냥, 일단 드시라고. 아주 맛깔나는 한 상을 떡 벌어지게 차려놓고 말이다.

맛있는 음식에 마트에서 파는 저렴한 와인 한 병 곁들이면, 세상 모든 시름이 사라질 것이다. 내가 당신의 주치의라면 나는 이 처방전을 강력히 제시하겠다. 물론 이렇게 신나게 차려 먹고 드러눕는다고 해서 문제의 본질이 해결되지는 않는다. 내일이면 다시금 우울의 악령이 슬그머니 따라붙을지도 모른다. 하지만 계속 우울을 부여잡고 침잠한다고 달라지는 게 있던가? 슬픔에 빠진 나를 연기하면서 식음을 전폐하는 건? 그렇게 해서 달라지는 게 정말 있었나? 내 우울과 슬픔과 애절함을 떠나보내는 데에 유예의 기간이 필요한 것일지도 모른다. 그것들과 안녕하려면 새롭게 행동해야만 하니까. 떨쳐내고 분명한 해결책을 찾아 실천해야 하니까. 낡은 것을 버리고 새롭게 깨어나는 것은 세상에 태어나는 것만큼 힘든 일이다.

힘든 순간을 벗어나는 건 그래서 마음고생이다. 현실을 받아들이고 새로 행동하는 것보다는 그냥 힘든 순간 그 자체에 빠져 있는 것이 낫다. 편하니까. 나는 '변명하지 말고 행동하라!'라고 외치는 동기 부여 전문가가 아니다. 그런 일은 내겐 너무 어렵다. 나는 현실을 직시하고 어둠의 터널에서 벗어나는 일을 '극복받는다'고 표현한다. 나만의 표현이다. '극복'을 하는 게 아니라 강제로 부여 '받는' 기분이라 그렇다. 어떤 고통에서 벗어난다는 건 나무가 되어 온몸으로 도끼질을 받아들이는 것 같다.

나는 야매 도사다. 그래서 '먹방'을 처방하는 거다. 우울과 슬픔을 탐닉하며 스스로 고통 그 자체가 되지 말고, 먹으면서 철저히 방관하라. 어차피 정자세로 앉아서 스트레스를 곱씹는다고 해결되는 건 없다. "어떻게든 되겠지." 하고 일단 먹자. 치킨도 좋고, 라면도 좋고, 앙버터 스콘도 좋고, 미슐랭 7코스도 좋으니까 뭐가 됐든 먹고 싶은 걸 배불리 먹자. 그리고 전기장판 뜨끈하게 틀어놓고 눕자! 못 믿겠다고? 먹고 드러눕는다고 뭐가 나아지느냐고?

달라지지 않을지도 모른다. 하지만 한 가지 확실한 건, 손해 보진 않을 거라는 것. 먹는 동안은 세상 시름이 기억나지 않을 것이고, 분명 등 따숩고 배불러지면 '먹길 잘했지'라는 생각이 들 거라는 것. 이 두 가지는 확신한다.

Day 17 통영 디톡스 데이,

_ 여행지에서 밥해 먹기

신나게 주워 먹다가 배탈이 났다. 한 달 살기를 하면 한 번은 꼭 탈이 난다. 미친 식탐 때문이다. "이곳의 맛있는 것이라곤 다 먹고 말겠다!" 하는 생각에서 비롯된 어리석음이라고도 볼 수 있겠다. 어리석다는 것을 알아도 같은 실수를 반복한다. 통영 맛집을 찾아다니지 않고는 내 통영 한 달 살기는 너무나 무미건조할 것이다.

하지만 무리했다가는 통영에서의 나머지 날들을 서글프게 보내야 할지도 모르니 더 심해지기 전에 조치를 취해야 한다. 사실 먹고 싶은 음식들이 매우 많아서 굳이 숙소에서 요리하고 싶지는 않았다. 그렇지만 사세를 못 하다 보니 니기는 식비도 그렇고, 여차저차 잘됐다 싶어서 숙소에서 5분 거리에 있는 마트로 장을 보러 나섰다. 서울에서의 나는 요리를 즐기는 편이었다. 워낙 먹고 싶은 게 많은 사람이고 늘 사 먹을 수만은 없으니 이것저것 시도해보는 스타일이다. 줄곧 요리해 먹다가 타지에 와 미식을 즐기다 보면 이렇게 탈이 난다. 서울에서의 실력을 발휘해서 통영 우리 집 집밥을 만들어보자!

오랜만에 마트에 오니 눈이 돌아간다. 마트라는 곳은 항상 그렇다. 이상하게 들뜬다. 이것도 사볼까 싶고 저것도 사볼까 싶다. 도대체 왜 그러는지 모르겠다. 야무지게 손질해둔다거나 근사하게 요리할 자신도 없으면서. 그래서 마트는 미루고 미루다가 가야 한다. 대형 마트를 방앗간 드나들 듯이 들렀다가는 쓸데없는 지출이 필연적으로 생긴다. 오늘 생각한 메뉴가 고등어조림이라면 고등어와 무보다 다른 재료를 더 많이 고르게 되는 마법.

죽림에 위치한 킹마트는 그렇게 큰 대형 마트는 아니었지만, 그렇다고 작다고 볼 수 없는 규모의 마트였다. 만들어진 반찬도 팔고 있었고, 구석에 작은 빵집도 있었다. 식탐은 마트에서도 계속된다. 아, 다 사고 싶다! 불행 중 다행인지 그 즉시 아랫배가 꾸르륵거렸다. 그렇다. 나는 아직 장 상태가 좋지 않다. 진정하고 소식해야 한다.

결국 마트에서 장 봐온 것들은 두부, 계란, 햇반, 김, 감자, 그리고 낫또. 정말 간결하다. 며칠은 햇반에 계란프라이, 식용유에 부친 두부랑 김을 곁들여 먹을 생각이다. 감자를 삶아서 소금 찍어 먹는 것도 속이 안 좋을 때 유용하다. 이렇게 간단히 먹으면 탈 난 배가 빨리 나을 수밖에 없다.

오늘 점심부터 실행했다. 프라이팬에 기름을 조금 두르고 직사각형 모양으로 썬 두부를 부쳤다. 계란프라이 하나를 전자레인지에 돌린 햇반 위에 얹고 간장 조금, 참기름 조금, 김가루 살짝 얹어 마무리. 부친 두부를 간장에 찍어 간장계란밥에 곁들여 먹었다. 평소에는 그다지 구미가 당기지 않는 건전한 메뉴이지만, 오랜만에 부엌에 서서 직접 만들어 먹었더니 술술 맛있게 넘어간다. 다 먹고 나서도 속이 정말 편하다. 당분간은 한 끼 정도는 숙소에서 떼울 수 있을 것 같다.

태국이나 베트남에서 한 달 살기를 할 때는 아무래도 한국 식재료를 구하는 게 마냥 쉽진 않았다. 두 국가 모두 마트가 상당히 잘 되어 있는 편이었으나, 내가 원하는 식재료를 찾기 어려운 경우가 많았다. 낯선 식재료로 어설프게 요리해보는 재미도 있었지만, 이렇게 속이 불편할 때에나 질리지 않는 한 끼를 간편히 해 먹어야 할 때는 한국 마트가 몹시도 그리웠다. 국내 한 달 살기와 해외 한 달 살기를 비교하면 정말 모든 면에서 국내가 마음이 편하다.

마트에서 장을 봐온 재료들로 채운 곳간이 있으니 쉰 김에 오늘 저녁까지 외식은 아예 쉬는 것이 좋겠다. 아직 남은 날은 많고, 산해진미로 호강해야 할 내 위와 장은 소중하니까!

아직 못 간 음식점들을 기필코 다 돌겠다며 최대한 조심조심하는 내 모습이 너무 하찮다. 그래도 한편으론, 장을 봐서 밥을 해 먹고 나면 특히 여행지에 와서라면, 그게 또 그렇게 뿌듯하고 기특하다.

+오늘의 노트 7

가끔은 집밥을 해 먹자, 오늘 내가 요리한 것

직접 내 일용할 양식을 만들어 먹는 행위는 정말 소중해. 스스로를 진심으로 아끼는 듯한 기분이 들거든. 엄마가 차려주던 밥상에서 벗어나 내가 먹을 음식을 스스로 만들면, 놀랍게도 재료 하니하나가 특별한 맛을 가지고 있나는 사실을 알게 되더라고. 그리고 별로 좋아하지 않던 음식도 내가 만들었단 이유만으로 좋아진다니까. 반드시 건강식을 만들어 먹자거나, 인스턴트는 지양하자거나 그런 이야기를 하고 싶진 않아. 나도 그건 못 하니까! 그냥 뭐가 되었든, 내 뼈와 살을 위해 스스로 요리하는 건 정말 멋진 일이라는 말이 하고 싶어. 오늘 한 끼를 직접 요리했다고? 그거 하나만 보아도 "오늘 하루 참 잘 살았다!" 하고 말해줄 수 있지.

작가 노트

오늘 나는 참치마요덮밥을 해 먹었어. 말도 안 되게 간단한 것이, 어떻게 보면 '야매 집밥'이야. 동네 컵밥집에서 사 먹을 수도 있지만, 내 손으로 쌀을 씻고 계란을 부치고 직접 참치샐러드를 만드는 건 확실히 차원이 다른 거 같아.

재료: 참치 한 캔, 양파 1/4 조각, 스위트콘 조금, 계란 1개, 김 소포장 한 팩, 쌀, 설탕, 소금, 후추, 마요네즈, 참기름.

캔 참치에 다진 양파, 스위트콘을 넣고 설탕 한 작은 술, 소금 후추 간, 마요네즈 두세 술쯤. 그리고 잘 섞어서 참치샐러드를 만들어. 그리고 계란 하나를 깨서 스크램블. 취사 완료된 쌀밥을 넓은 볼에 뜨면 모든 준비 완료.
밥 위에 참기름을 살짝 두르고 그 위로 참치샐러드, 계란스크램블, 김을 곱게 찢어 만든 김 가루를 왼쪽에서부터 오른쪽(오른쪽에서 왼쪽도 OK) 삼색 국기처럼 세 칸으로 나누어 얹으면 끝. 정말 간단하고 누구나 아는 맛이지만 말도 안 되게 입맛 당기는 맛!

나의 노트:

Day 18

'고'로 시작하는 음식 두 가지를 먹을 것

_ 욕지도 고등어회와 고구마 파운드케이크

오늘 다녀온 욕지도는 도착하기까지 바닷길을 따라 장장 1시간 30분 가까이 소요된 머나먼 여정이었다. 산양읍에 위치한 삼덕항에서 출발하면 50분 만에 도착할 수 있지만, 뚜벅이인 나는 택시를 타지 않고는 산양읍까지 가기가 쉽지 않았다. 그래서 역시, 통영 시민의 발인 시내버스를 타고 서호동에 위치한 통영 여객선 터미널로 갔다. 통영 여객선 터미널은 삼덕항에 비해 쾌적하고 널찍하다. 분식집과 작은 마트도 있어서 배를 타기 전 간단히 요기하기에도 좋다. 통영 여객선 터미널에서 욕지도까지 1시간 30분이나 걸리는 이유는 연화도와 우도를 거쳐 가기 때문이다. 객지에서 온 나로서는, 배를 오래 타고 가는 게 그리 나쁘지 않다. 하염없이 바다를 본다는 것 하나로 통영 한 달 살이를 선택한 인간이기 때문에 더더욱 그렇다.

욕지도행 여객선에 오르자마자 갑판에 올랐다. 사람들이 가득 앉을 만큼 넓은 평상이 갑판 양쪽에 마련되어 있었다. 평상 위에 올라앉았다. 배는 정확히 정각에 움직이기 시작했다. 둔중하지만 안정적인 움직임. 바다 수영을 할 때 서서히 바닷속을 익혀가는 나처럼, 욕지도행 여객선은 그렇게 방향을 파악하듯 슬금슬금 움직였다. 갑판 위에서 느릿한 배의 움직임을 그대로 느끼며 천천히 변해가는 바다와 하늘의 풍경을 바라보자 가슴이 두근거렸다.

그렇게 물살을 가르며 나아가기 시작한 욕지도행 여객선 갑

통영 여객선 터미널에서 1시간 30분이면 만나는 욕지도

판에서 나는 멀어져가는 통영 여객선 터미널과 작게 보이는 건물들, 시야를 파랗게 물들이는 바다와 하늘, 보이지 않지만 바다와 하늘을 닮아 푸른 빛깔이 분명할 오늘의 바람을 바라보았다. 오랫동안 망망대해를 감상하다가 눈을 감고 바다를 느꼈다.

갑판에 올라 눈을 감고 느낀 바다는 시각으로 느끼는 것과는 또 다른 매력이 있었다. 눈으로 바라본 바다의 푸른빛이 피부를 통해 흘러 들어오는 듯했다. 식물의 기공처럼 나는 피부로 바다의 양분을 쭉쭉 받아들였다. 그렇게 한참을 바다와 함께하며 욕지도에 도착했다. 바다를 지나 욕지도까지 도착하는 여정 모두가 나에겐 욕지도였다.

아무 준비 없이 혈혈단신 찾은 내게 욕지도는 제법 큰 섬이어서 다 둘러보기란 무리였다. 트레킹할 준비를 갖추고 와야 제대로 둘러볼 수 있을 듯했다. 사실 '음, 그렇구나. 다 못 보겠네'라고 생각하고 그대로 끝이었다. '옷을 갖춰 입고 올걸', '좀 더 준비를 할 걸 그랬네' 같은 생각은 하지도 않았다. 어차피 욕지도를 하루만에 다 둘러볼 의욕은 추호도 없었기 때문이다. 그냥 욕지도에 도착했으니 충분하다. 왜냐고? 욕지도산 고등어회만 먹고 가면 되거든.

그래서 정말, 욕지도에 들어오자마자 묻지도 따지지도 않고 탑마트 바로 앞에 있는 '해녀 포차'로 달려갔다. 갓 잡은 욕지도 고등어의 맛은 이곳 아니면 절대 맛볼 수 없기에. 해녀 포차는 이

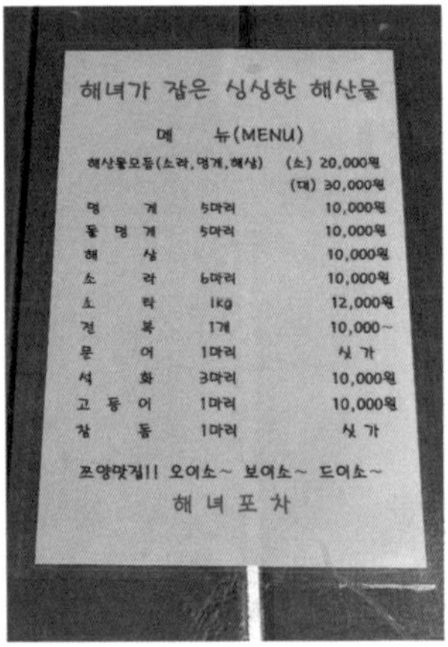

해녀포차의 '욕지도 뷰'와 갓 뜬 욕지도산 고등어회

름 그대로 포장마차 같은 곳이어서 음식점이나 실내에서 먹는 것보다 불편할 수 있다. 밑반찬이나 곁들일 식사 같은 것도 마뜩잖아서 정말 회만 먹어야 하지만 그렇기에 다른 가게들보다 가격이 저렴하다. 갓 뜬 고등어회를 한 마리 1만 원에 맛볼 수 있으니 어찌 보면 기가 막힌 가격이다. 게다가 실외 포장마차에서 보이는 오션 뷰가 값비싼 루프톱 라운지도 명함 내밀기 어려울 만큼 황홀하다. 욕지도 느낌 물씬 나는 어선들과 짙푸른 바다, 그 뒤로 초록의 산들이 어우러져 시식 전부터 무조건 맛있는 기분이다. 무심하게 둘둘 말아 올린 비닐 창문 너머로 이렇게 그림 같은 풍경이 드러나니, 소주 한잔에 고등어회 한 점 입에 넣고 멍하니 바라보면 지상 낙원이 이곳임이 틀림없다.

요즘은 서울 도처에서 고등어회를 맛볼 수 있다지만, 욕지도 고등어회와는 비교할 수조차 없다. 수조에서 반짝이는 고등어 떼를 보자마자 미안함에 시선을 돌려야 할 만큼, 순식간에 고등어회를 탐닉하고 말았다. 갓 뜬 고등어회는 입안에 넣자마자 혀와 입천장에 착착 붙는다. 찰떡도 아닌데 그렇게 쫀득쫀득할 수가 없다. 고등어회는 느끼하고 비리다고 누가 그랬나? 욕지도 고등어회는 아마 그 식감이 부담스러워 먹지 못했던 사람이라도 쉽게 도전할 수 있을 것이다. 제주도에서 먹었던 고등어회와는 그 맛이 또 다른데, 욕지도에서 잡히는 고등어만의 특징인 걸까 싶기도 하다. 수조나 대야에 들어 있는 욕지도 고등어들은 총

알 오징어 모양으로 날렵하고 자그마하다. 직 아서인지 더 반짝이고 활기찬 것처럼 보인다. 겉으로 보기에도 살이 아주 찰지고 탄탄하다. 아마 욕지도 고등어를 실제로 보면 이 모든 묘사를 단번에 수긍하리라.

제주도에서 맛본 고등어회는 녹진한 버터 같은 식감과 풍미가 있었는데, 욕지도 고등어회는 정말 쫀쫀하고 고소하기만 하다. 고등어회가 이렇게 담백하다는 사실을 알면 아마 다들 놀랄 것이다. 등푸른 생선을 회로 먹는다는 것에 늘 부담감을 가지고 있던 사람이라도, 욕지도 고등어회는 부담 없이 먹을 수 있을 것이라고 장담한다.

고등어회가 유일한 목적이긴 했으나 정말 고등어회만 먹고 바로 배를 타고 나오진 않았다. 식사를 마친 다음 부른 배를 안고서 욕지도 마을을 슬렁슬렁 걸어 다녔다. 욕지도 마을은 파스텔로 은은하고 여리게 그린 그림 같은 곳이었다. 뜨겁지도, 흐리지도 않은 딱 좋은 여름 볕이 그림 같은 바다 마을을 한층 더 삽화처럼 만들어주고 있었다. 졸졸 흐르는 냇가를 지나 옹기종기 모여 있는 욕지도 고양이 가족도 만났고, 세상에서 가장 평화로운 욕지도도서관도 만났다. 그곳에서는 어렸을 때 내려가본 할아버지네 지하실 냄새가 났다. 그 냄새를 좋아한다. 할아버지는 내가 조르고 졸라야 2년에 한 번 정도 들어가볼 수 있게 문을 열어주셨다. 그때 처음 들어간 할아버지네 지하실에도 이렇게 책들이 꽂혀 있었지. 그곳에 내려갈 때는 항상 모험을 떠나는 듯 심장이 콩콩 뛰었다. 냄새라는 건 참 신기해서 20여 년이 지난 지금도 같은 냄새를 맡으면 그때의 감정이 고스란히 떠오른다. 오늘, 욕지도도서관에서 그런 것처럼.

욕지도도서관 창가에 앉아 초록이 반사된 연둣빛 햇살을 맞으며 읽는 에쿠니 가오리의 소설은 참으로 평온했다. 이때까지만 해도 나의 욕지도 기행은 잔잔한 일본 영화 스타일로 마무리되는 줄 알았다. 항구로 돌아와 길가에 세워진 봉고차에서 '욕지도 투어 택시'라고 적힌 스티커를 발견하기 전까진. 그래도 욕지도까지 온 김에 좀 더 둘러보면 어떨까 싶어 전화를 걸어보았다. 기사님은 1만 원에 출렁다리까지 데려다주고, 다시 만나 항구까지 데려오는 서비스를 제공한다고 했다. 흔쾌히 투어를 결정했다. 본의 아니게 종잇장같이 얇은 샌들을 신고서 욕지도 정글 탐험을 시작해야 했다.

저 세상으로 향하는 듯 물안개에 뿌옇게 휩싸인 출렁다리를 건너 바닷길 절벽으로 난 샛길로 들어섰더니, 내려가는 길과는 점점 멀어져갔다. 처음 숲길로 들어섰을 땐 국내 여행에서 본 적 없는 대자연의 장관에 홀려 걷고 또 걸었다. 사진을 찍고 감상하고 휘적휘적 걷다가 보니 길은 끝이 없었다. 허벅다리를 훤히 내놓고 사람의 손때가 전혀 묻지 않은 그 산길을 걸었더니, 모기 중에 기 세기로는 최고라는 산모기의 습격을 수차례 받았다. 이 욕

다른 세계로 이끄는 듯한 욕지도의 출렁다리와 물안개

지도 산길을 손바닥만 한 핫팬츠에 얇디얇은 끈으로 동여맨 샌들을 신고 걸은 사람은 내가 최초일 것이다. 《정글 북》의 모글리는 팬티 한 장 걸치고 다니는데 뭐, 하며 출렁다리를 향해 겨우겨우 걸어 내려왔다. 젊어서 가능한 일이었다고 생각한다.

그렇게 예상 밖의 모험을 거치고 기사님을 다시 만나 항구 근처로 내려오니 금세 허기가 졌다. 통영 여객선 터미널로 떠나는 배를 타기까지는 한 시간 정도 남은 시각. 근처 마을을 다시 한량처럼 거닐다 보니, 서울 합정동에 있을 법한 귀여운 카페가 하나 보였다. 이름은 무무. 이름과 분위기가 잘 어울리는 가게였다.

테이블 네다섯 개가 전부인 욕지도의 작은 카페 무무는 귀여운 첫인상과는 달리 '무위, 무지: 내가 한 것은 아무것도 없으며 내가 아는 것은 아무것도 없다'라는 다소 철학적인 뜻과 슬로건을 담고 있었다. 세상에, 청정 바다를 접한 평화로운 섬마을에 이토록 깊이 있는 이름이라니, 너무 설레잖아! 설렘이 쉬운 나는 이름 하나만으로도 이미 무무에 마음을 잔뜩 뺏겼다. 무무에는 욕지도의 특산물인 고구마를 콘셉트로 한 다양한 빵들이 있었다. 평소 구황 작물을 그리 좋아하는 편은 아닌데, 욕지도의 고구마 파운드케이크는 꼭 먹어야 할 것 같다는 확신이 들었다.

고된 모험을 끝내고 만난 무무의 고구마 파운드케이크는 내 인생 케이크가 되고 말았다. 허기진 간식 타임에 아메리카노 한 모금과 달콤 촉촉한 고구마 파운드케이크라니. 밀가루보다 고구마의 함량이 더 높은 듯 꾸덕꾸덕한 식감. 아메리카노를 머금은 채 혀로 살짝 누르니 케이크는 입속에서 사르르 녹아버린다. 이 케이크를 먹으려면 통영으로 내려와 다시 1시간 30분 배를 타고 욕지도로 들어와야 가능하다는 거지? 하…….

먹고 남은 고구마 파운드케이크를 숙소로 포장해왔다. 숙소에 돌아와 편의점에서 산 우유와 먹으니 발을 동동 구르게 되는 맛. 무무 고구마 파운드케이크를 사러 욕지도에 한 번 더 가야 하나? 진지하게 고민했다.

미식과 모험은 역시 케미가 좋다. 훌륭한 요리에는 그에 맞는 술을 곁들여야 맛이 배가되듯, 오늘의 고된 욕지도행은 고등어회와 고구마 파운드케이크의 분자 하나하나 속에 숨은 맛까지 다 끌어올렸다고 본다. 그 강렬했던 맛 덕분에 욕지도에서 통영 여객선 터미널로 돌아오는 길은 기억이 안 난다. 갑판 위로 오르기는커녕 배를 타자마자 선실로 들어가 마룻바닥에 드러누웠다. 선실 창밖으로 조금씩 움직이는 바다가 보이는가 싶었지만 그 이후론 기억이 없다. 누가 마취총이라도 쏘았나. 눈을 뜨니 통영 여객선 터미널에 도착해 있었다.

이 글을 읽고 욕지도에 가는 사람은 되도록 나처럼 시원한 옷차림에 얇은 샌들을 신고 갔으면 좋겠다. 도착하자마자 해녀포차의 고등어회를 바다에서 올라오는 비릿한 해초 내음 벗 삼아 해치우고, 동네를 거닐다가 출렁다리에 올라 고생고생한 다음 내려와서, 항구 옆 카페 무무에 앉아 고구마 파운드케이크를 영접하길. 영원히 잊을 수 없는 욕지도의 참맛을 경험하게 될 것이다!

육지도 카페 무무의 고구마 파운드케이크

Day 19 통영 하면 역시 피자랑 파스타지

_ 뜨라토리아 델 아르테

예전에 아무 생각 없이 텔레비전 채널을 돌리다가 우연히 티비엔tvn에서 방영하던 〈알쓸신잡〉 통영 편을 본 적이 있다. 그 당시에는 통영으로 한 달 살이를 하러 가야겠다는 생각을 전혀 못 했는데도 아직 그 편을 기억한다. 아마 그 프로그램에 출연한 패널들이 통영을 즐기는 방식이 좋아 보여서일 것이다.

내가 보기 시작한 대목은 김영하 작가가 통영에서 피자를 먹는 장면이었다. "역시 통영은 피자죠!" 같은 말이 오갔는데 듣자마자 그 말이 너무 웃겼다. 피식 웃으며 채널을 고정했다. 김영하 작가도 사람들이 '통영'과 '피자'의 이질감에 실소할 그 순간을 알고 그런 이야기를 했을 것이다. 사람들은 단순히 지방을 특수한 곳으로 한정하지만, 지방은 그들만의 변화를 꾀하고 있다는 말도 덧붙였다. 서울을 기준으로 보편과 특수를 이야기하는 것이 상당히 편협할 수 있다는 것. 나 역시 간과하고 있던 부분이었다.

그 말이 인상 깊었던 나는, 드디어 오늘 김영하 작가가 방문했던 통영의 '뜨라토리아 델 아르테'를 찾았다. 뜨라토리아 델 아르테는 통영국제음악당 내에 있는 이탈리안 식당이다. 제일 처음에는 스탠포드 호텔을 찾았을 때 산책 겸 들렀고, 이후에 재즈 웨이브를 즐기기 위해 찾았으니 벌써 세 번째 방문이다. 올 때마다 느낀 건 수도권 사람들이 생각하는 통영의 이미지라는 것이 굉장히 제한적이라는 사실. 자연 친화적이고 오밀조밀할 것이다,

아기자기하고 사랑스러운 분위기다 등의 이미지가 내게도 있었다. 실제로 그런 부분도 있어서 대도시에 염증을 느낀 이들이 통영을 찾는 면도 크지만, 그런 표현만으로 한정 지을 수 없는 흐름 역시 통영엔 존재한다. 특히 스탠포드 호텔과 국제음악당은 수도권의 그 어떤 곳보다 모던하고 무게감이 있다. 도남동 바다 마을 한쪽에 자리하고 있지만 여타의 외국 휴양지 부럽지 않은 세련미와 고급스러움을 갖춘 곳이다.

혹시 몰라서 전화로 예약을 하고 찾아간 뜨라토리아 델 아르테. 평일 낮에 들어선 통영국제음악당 내의 그곳은 한산했다. 직원은 내가 전화했던 사람이라는 것을 눈치챘는지 탁 트인 창가 옆자리로 나를 안내했다. 창밖으론 역시나 바다 풍경이 훤히 펼쳐져 있었다. 통영에선 어딜 가든 내 시야에 바다가 따라다니는 것이 일상이 되었지만, 그래도 나는 여전히 무조건 바다 가까이 앉는 것을 좋아한다. 적절한 온도, 은은한 불빛, 시원하게 뚫린 창문, 내다보이는 바다, 한산한 분위기, 화덕에서 음식이 익는 냄새. 모든 것이 알맞게 로맨틱하다.

키친 안쪽으로 이탈리아인 셰프가 보인다. 기웃거리는 나와 눈이 마주치자 간단히 목례를 한다. 저 이는 어쩌다가 낯선 타국인 한국, 그것도 남쪽 밑에 떨어져 있는 통영에 와서 요리를 하고 있을까, 괜히 궁금해졌다. 그러나 언제나처럼 궁금증은 이내 밀어 넣고 만다. 모르는 동네에서 한 달씩 지내 버릇 하지만 여전히

바다 가까이에 위치한 뜨라토리아 델 아르테

넉살 좋게 누군가와 대화를 이어나가거나 먼저 말을 건네는 것은 잘 못한다. 누군가는 한 달 살기를 하며 다양한 나라의 친구들을 사귀고 세계적인 인맥이 생겼다는데, 내가 한 달 살기에서 얻은 것은 깊게 '생각하는' 버릇뿐이다.

고르곤졸라 피자와 해산물 토마토소스 파스타를 주문했다. 수많은 이탈리안 식당에서 흔히 만나는 메뉴. 식당의 메뉴 구성은 생각보다 단출하고 간단했다. 현지인이 직접 요리를 하니 어쩐지 쉽게 접하지 못했던 특별한 이탈리안 요리가 있지 않을까 생각했는데 아니었다. 오히려 이런 점이 손님들의 장벽을 낮출 것 같다는 생각이 들었다.

주문한 고르곤졸라 피자가 먼저 유자청과 함께 나왔다. 여전히 손님은 나뿐. 셰프가 나만을 위해 요리하고 있다고 생각하니 익숙한 고르곤졸라 피자가 오늘따라 특별하게 보인다. 화덕에서 구운 피자답게 도우 주변이 바작바작 노릇노릇 익어 있었다. 보이는 것과 같이 겉은 바삭했고 속은 켜켜이 쌓여 녹은 고르곤졸라 치즈로 쫀득했다. 확실히 좋은 재료로 잘 만든 화덕에서 구웠구나 싶었다. 한적한 통영 바닷가에 현지에서 온 피자 장인이 숨어 있다니. 셰프가 있는 주방 쪽을 다시 한 번 힐끗거리면서 달콤한 유자청에 피자를 푹 찍어 입에 넣었다. 치즈의 풍미를 그대로 느낄 때와는 또 다른 매력이 느껴지는 맛. 다음번엔 다른 피자들도 맛봐야지 다짐하며 바다를 바라보면서 음미했다.

뒤이어 나온 해산물 토마토 파스타 역시 기대 이상이었다. 뜨라토리아 델 아르테가 피자 맛집이라는 소문을 듣고 찾은 목적이 커서 파스타는 크게 기대하지 않았다. 그 가게의 파스타 솜씨에 대해 잘 모를 때에는 무난하게 크림 파스타를 시키기도 하는데, 크림 파스타는 크림 맛이 강해서 파스타를 잘하고 못하고가 크게 두드러지지 않기 때문이다. 하지만 이곳에 들어올 때 마주한 커다란 화덕 덕분에 '피자만' 맛있게 만들지는 않을 것 같다는, 알 수 없는 신뢰가 생겼다. 나만을 위해 요리하는 이탈리아인 셰프에 대한 유대감이기도 했다. 왠지 파스타도 맛있을 것 같으니까, 토마토 베이스나 오일 파스타를 시켜야 해. 그리고 그 선택은 탁월했다.

간혹 토마토소스 파스타를 주문하면 너무 시큼해서 아쉬운 경우가 있다. 산미를 별로 좋아하지 않아서 그럴지 모르지만. 뜨라토리아 델 아르테의 토마토 파스타는 생토마토 본연의 신맛이 아주 건강하게 느껴졌다. 그러고 보면 생토마토를 먹고서 신맛에 당황했던 기억은 없는데, 유독 파스타 소스로 만나면 왜 그리 셨던 걸까? 토마토 품종 차이인 걸까? 어쨌든 이 집의 토마토 파스타는 산미가 나에게 딱 맞았고 볶은 해산물들과의 조화도 매우 훌륭했다. 무엇보다 면의 익힘 정도가 알맞아서 씹는 맛이 있고, 입술 사이를 호로록 치고 다니는 탄성도 만족스러웠다.

혼자만의 미식에 한참 빠져 있다가 고개를 들었을 때 바라

통영 하면 빼놓을 수 없는 피자와 파스타

본 창밖 풍경이 또 한 번 기분을 황홀하게 만들었다. 쾌적하고 평화로운 실내에 앉아 청명한 바다와 하늘을 바라보며 나만을 위해 조리된 끝내주는 피자와 파스타를 먹고 있는 기분이란! 어디 가서도 누릴 수 없는 호사가 아닐까. 행복하다. 행복을 왜 그렇게 어렵게 찾으며 산단 말인가. 몇 십 년 동안 찾던 행복이 오늘, 지금, 바로 여기에 있다!

누군가가 통영에 가서 뭘 먹어야 하느냐고 물어본다면 나도 한 번 이렇게 말해보고 싶다.

"통영 하면 피자랑 파스타지!"

+오늘의 노트 8

여행 중 꼭 먹어야 하는 음식

유명한 여행지를 떠올리면 그 지역에서 꼭 먹어야 한다는 음식들도 자동으로 함께 떠올라. 어쩌면 여행자 대부분 같은 음식만을 먹고 오는 것 같기도. 그런데 여행을 자주 다니다 보면, 정해져 있는 '맛집'이라는 것에 염증을 느끼곤 해. 물론 그 지역에서만 맛볼 수 있는 맛집이라면 괜찮지만, 가끔은 '요즘 세상에 이걸 정말 여기서만 먹을 수 있다고?' 갸웃하게 되는 곳도 많잖아. 남들은 다 추천해도 내 마음에 들지 않으면 맛집일 수 없지. 내가 만족한 진정한 맛집이야말로 더 '제대로'라는 생각이야!

작가 노트

1. 통영에서 먹은 피자 파스타, 뜨라토리아 델 아르테

통영 하면 피자, 파스타 맞다니까.

2. 태국 치앙마이에서 독일식 뷔페 먹기, 아우프 데 아우 가르텐 Auf der Au Garden

태국에 가서 독일식, 그것도 뷔페라니? 태국에 가면 태국 음식을 먹어야 할 것 같지? 난 분위기까지 같이 먹는 사람이기 때문에, 그 독일 가정식 뷔페를 찾아가던 지극히 태국스러운 주택가 골목을 잊을 수 없어. 너무도 이국적인 골목을 걷는 나란 이방인! 그야말로 독일, 태국, 한국의 컬래버레이션 아니겠어? 분위기 맛집도 맛집이니까!

3. 대만 타이페이의 관자 푸아그라 캐비어 삼합, 고우이샤

'대만' 하면 뭐가 떠올라? 야시장의 지파이, 유명한 훠궈집, 우육면. 맞지? 중화

권에 여행을 가서 굳이 푸아그라에 캐비어라니, 그것만으로도 어이가 없는데 '이 육해공 진미라는 것들의 삼합은 뭐람'이라고 생각했니? 그렇다면 오산! 실제로 맛보면 예상외로 진짜 맛있는 조합이야. 요즘 유행하는, '예쁜 애 옆에 예쁜 애' 있잖아. 정확하게 그런 느낌! 넣는 순간 입안에서 사라지는데 그 식감은 모두 달라서 하나하나 독특한 맛을 전달하며 사라져. 얼마나 황홀하게?

나의 노트:

Day 20 이틀에 한 번은 회를 먹어야지!
_ 통영 중앙시장

시장에 가면 인상을 쓰고 퍽 화가 난 얼굴을 하게 된다. 이유는 간단하다. 쫄려서. 시장 상인과의 기 싸움에 지지 않으려고 어딘가 험상궂은 사람인 양 굴게 되는 것이다. 괜히 혼자 원맨쇼하는 것이라고만 볼 수는 없다. 아무래도 연세가 좀 있는 편인 시장 상인 분들은 언제나 그렇듯 '젊고, 여자인' 나 혼자 시장을 방문하면 얕잡아보거나 바가지를 씌우는 경우가 많다. 좀 전에 나는 분명 조금씩은 안 판다고 그래서 1만 원어치나 샀는데, 내 뒤에 온 아저씨는 3천 원어치를 잘만 사고 그런다. 그런 꼴을 목도한 게 한두 번이 아니다.

비단 나만의 사례는 아니다. 인터넷에 올라온 시장 방문기를 보면 어리거나, 거기에 더해서 여자인 경우는 덤터기를 쓰거나 푸대접받고 와서 의 상한 후기가 아주 많다. 그래서 여행지에 가도 그 지역 전통 시장을 방문하는 것을 그렇게 썩 반기는 편은 아니다. 억울하게 당하거나 빈정상할 일이 있을까 봐 지레 겁이 난다고나 할까.

하지만 통영 한 달 살이를 시작한 이상 통영의 대표 시장인 중앙시장에 가지 않을 수는 없었다. 통영 한 달 살이라면 무릇 회 파티의 서막이라고 봐도 무방한데, 푸짐한 활어회를 맛보려면 중앙시장만 한 곳은 없다. 원체 즉흥적이고 계획 없이 돌아다니는 나지만, 시장에 갈 때만은 철저하게 사전 조사를 했다. 며칠간 인터넷의 모든 정보를 싹싹 긁어모으며 검색했다. 그 결과 회는 중앙시장에 가서 떠 먹어야 한다는 결론을 얻었다.

다찌집은 한두 명 가는 길로는 본전 찾기 힘들다. 술을 꼭 너댓 병씩 시켜야 해서 곤란하기도 하고. 또 단골과 타지인의 상차림 구성이 교묘하게 다르다는 평도 제법 많았다. 물론 인심 좋고 훌륭한 다찌집도 많겠지만 현지인과 어떤 교류도 없는 내가 진짜배기 다찌집을 찾기란 쉽지 않아 보였다.

정형화된 코스가 나오는 일식집에 가는 것도 회와 다양한 해산물 요리를 즐기기엔 괜찮은 방법이었다. 코스 구성이 누구에게나 공평하고, 저렴한 코스 요리 집을 잘 찾으면 제철 해산물과 싱싱한 회를 조금씩 다양하게 맛볼 수 있으니까. 하지만 수시로 코스를 먹기에는 가격이 조금 부담스럽기도 하고, 푸짐하게 회만 쌓아두고 먹고 싶은 날도 있는 법이다.

그러기 위해서는 역시 중앙시장 내 활어 시장에서 푸지게 회 한 접시를 떠오는 것이 제격이다. 작정하고 중앙시장을 찾았다. 회 한 접시 뜨러 가면서 작정까지 해야 하는 내 인생도 참 군색하다. 가기 전에 인터넷에서 유명한 전국 회 센터 업체들을 모아놓은 어플을 깔았다. 그 어플에 등록한 업체들의 이용 후기는 어플 회사에서 관리하기 때문에, 업주들이 손님에게 바가지를 씌우거나 무례하게 행동할 수 없는 구조였다. 어플을 통해 평가가 좋은 활어집 두 군데를 찾았다. 마음이 편해졌다.

"언니야 일로 와, 이만큼에 3만 원!"

도착한 중앙시장의 활어 시장에서는 역시나 호객의 장이 펼쳐지고 있었다. 입구부터 뜰채를 들어 보이며 나를 부르는 아주머니들이 족히 대여섯 명은 되었다. 애플리케이션을 통해 업장을 알아두고 온 게 천만다행이라는 생각이 들었다. 발길 닿는 대로 상점을 고르고 흥정을 주고받는 것이 전통 시장의 묘미라지만, 나는 그럴 만한 깜냥이 아니다. 묘미고 뭐고, 자기에게 맞게 사는 게 정석이다.

어플의 평점과 리뷰를 보고 찾은 업체의 아주머니는 역시나 상냥하고 친절했다. 리뷰에서 본대로 이것저것 종류를 섞어 회를 뜰 수도 있었다. 통영까지 내려왔다면 여름 제철회를 먹어보는 것이 인지상정. 여름 제철인 농어회를 주문하며 서울에서는 비싸서 먹기 힘든 줄돔회도 함께 섞었다. 아주머니께서 '성대'라고 하는 생선회까지 서비스로 챙겨주었다. 3만 원어치였으나, 서울의 횟집에 자리 잡고 앉아 먹으면 족히 10만 원은 될 것 같았다. 농어와 줄돔 같은 고급 생선회를 이 가격에 배 터지게 먹을 수 있다는 것은 통영 중앙시장이어서 가능한 것 아닐까?

예상외로 제일 맛있었던 회는 성대회! 난생처음 먹어봤는데, 쫄깃하면서 탱글탱글한 식감이 예술이었다. 잘근잘근 씹고 있으면 단맛까지 났다. 찾아보니 성대는 자연산이 아니면 먹기 힘든 생선이었다. 여름이 제철이라 여름이면 사이즈가 커지면서 살이 통통 오른다는데, 남해 일대에서는 흔하디흔한 생선이라고 한

활어 시장에서 떠온 무심한 회 한 접시

다. 서울에서는 들어본 적도 없는 것 보면, 그저 횟집이나 다니며 주는 생선만 받아먹던 나 같은 부류라면 쉽게 맛보기 힘든 생선임에 틀림없었다. 매번 서울의 횟집에서 맛보던 광어, 우럭, 도미 삼총사와는 비교되지 않는 자연의 맛이었다.

조만간 성대회를 먹으러 활어 시장을 한 번 더 찾아야 할 것 같다. 해삼, 멍게, 개불 등 해산물 모둠도 1만 원어치 정도로 섞어서 포장할 수 있으니, 못 먹고 가는 것 없이 골고루 사올 계획이다. 중앙시장에서 떠온 회 한 팩에 숙소 앞 편의점에서 산 한 뼘짜리 화이트와인 한 모금을 곁들이니 여기가 라운지고, 여기가 선술집이다! 하릴없이 떠드는 예능 프로그램 틀어놓고 에어컨 켠 방에 앉아 아무 생각 없이 회 한 점에, 술 한 모금. 바로 이 맛이 통영 한 달 살이의 참맛!

Day 21 대선 소주 한잔에, 통영 달빛 한 조각

취하는 걸 좋아한다. 이 술은 이래서 좋고, 저 술은 이래서 좋고. 그렇다 보니 진정한 술맛을 깨달았다는 어딘가 좀 있어 보이는 이야기를 하고 싶지만, 실상은 그냥 취하는 기분을 좋아한다. 알딸딸하게 술기운이 올라오면 하루 동안 쌓인 '부채감'이 사그라드는 기분이다.

프리랜서로 살아가는 나는 하루의 마감을 늘 부채감과 함께 한다. 그 날 생각한 것만큼 업무를 성실히 했고 그 양이 흡족하다 싶은 날은 기분 좋게 잠들지만. 이 생각 저 생각, 생각 속에서 농땡이만 부리다가 업무량이 형편없는 날에는 손을 물어뜯으며 한탄과 함께 잠든다. 누가 시키는 대로 하지 않아도 되고 보기 싫은 인간 보지 않고 혼자서 일할 자유를 얻은 대신, 탓할 것이라고는 나밖에 없다. 한 달 한 달의 기복이 넘실대는 파도처럼 유동적이다. 정말로 바다에서 서핑하듯 사는 삶이다. '서핑'이라는 단어를 썼으나 전혀 낭만이지 않다. 예측할 수 없이 밀려오는 파도와 머리 꼭대기로 내리꽂히는 직사광선을 고스란히 온몸으로 받아내야 하는 외압이다.

남들은 프리랜서로, 작가로, 자유롭게 사는 게 멋있다고 말한다. 하지만 전혀 그렇지 않다. 멋있으려면 자유로우면서 돈도 잘 벌고 혼자 알아서 일도 잘해야지! 내 삶은 사실 반은 억지, 반은 핑계로 점철되어 있다. 자유로운 건 좋은데 책임감은 싫다. 이렇게 핑계뿐인 나지만 어쩔 수 없다. 아무리 숨겨본들 나는 결국 이런 나라서…….

그 돌덩이 같은 부채감을 지우고자 종종 술에 취하곤 한다. 술과 함께 이것저것을 곁들어 먹으면 '그냥 식사에 살짝 반주하는 중이잖아!' 같은 명분이 생겨버린다. 상념에 젖어 손을 뜯고 멍하니 보낼 시간에 술 한잔 안주 한 점 하고 있으면 얼마나 마음이 평온해지는지! 오늘 걱정은 내일의 나에게!

통영에 내려온 이후로는 거의 하루에 한 번은 술을 마신다. 그런데 대낮에 마신다. 맛있는 음식을 앞에 두고 술을 곁들이지 않으려니 아쉬워서 꼭 한 병씩 시키게 된다. 그래도 술 한잔과 함께 여름밤을 즐기고 싶은 날이면 낮술은 꾸욱 참는다.

오늘이 그런 날이다. 실바람 불어 마음까지 살랑 일어나게 만드는 통영의 여름밤, 그 한가운데 앉아 술 한잔 기울이고 싶은 날. 희한하게 올여름 통영은 여름인데도 덥지가 않다. 온 반도가 폭염으로 들끓는데, 여기 남쪽 동네는 태풍이 올지언정 더위는 없다. 서울에 있는 가족과 지인들이 걱정스레 안부를 물어온다.

"서울은 39도야. 통영도 엄청 덥지?"

할 말이 없다. 어쩜 통영은 날씨까지 완벽할까! 바닷가 마을의 습한 무더위에 각오하고 왔건만 이렇게 시원한 바람이 살랑거리다니 대도시에 남은 가족들에게 미안할 정도다.

숙소 근처 죽림해안로에 있는 선술집을 하나 봐두었다. 심야식당 같은 간판이 마음을 사로잡았다. 낮에 지나다가 봤을 때도 매력적이었는데, 보랏빛인 듯 쪽빛인 듯 어두운 남색의 밤하늘 아래 만난다면 얼마나 더 황홀할까. 오늘은 그곳에서 꼭 '대선' 소주를 마실 것이다. 통영에 내려와서 알게 된 소주, 대선. '부산 가면 시원 소주를 마셔봐야 한다'까지는 들어봤는데 대선 소주는 처음 알았다. 경남 지역에서 주로 마신다는 소주 중 하나라니까 꼭 마셔볼 작정이었다.

해가 지고 선술집으로 걸어가는 죽림해안로는 현실감이 없다. 너무 그림 같아서. 밤의 죽림해안로는 고흐의 명화 '론 강 위로 별이 빛나는 밤'이 생각난다. 온통 어두워서 이따금 가로등 불빛에 반짝 하고 일렁이는 물결의 잔상만 보인다. 그 물결이 꼭 바다에 별이 비쳐 반짝이는 것처럼 보인다. 여름밤의 바람이 바다에서 살랑 불어오면 비릿한 해초 냄새가 실려온다. 이러한 길을 따라 소주 한잔하러 걸어가다니. 이 순간을 위해 오늘 하루가 있었다고 해도 과언이 아니겠지.

선술집에 들어서 모둠 꼬치구이와 대선 소주를 주문했다. 하늘색 바탕에 하얀 파도 모양이 넘실넘실 그려져 있는 대선 소주. 누가 봐도 바다 마을 소주. 비주얼만 보면 더운 날 땀 흘린 뒤 집에 돌아와 꿀꺽꿀꺽 넘기는 냉장고 속 이온 음료 같은 청량함. 통영의 바닷길을 걸어와서 이 소주를 주문하지 않을 수 없잖아.

대선 소주 한 병에 거나하게 취해서 숙소로 돌아가는 길, 아까는 보이지 않던 달 하나가 여름밤 군청색 하늘 위에 보란 듯이

투박한 서체가 멋진 대선 소주

걸려 있다. 내가 본 달빛은 늘 노란 기운이 섞인 램프 불빛 같았는데, 오늘 달빛은 푸른 기운이 섞인 하얀빛이다. 술기운에 불콰하게 달궈진 두 뺨을 식혀줄 것만 같은 시원한 하얀색. 하나도 덥지 않은 올여름 통영의 날씨를 닮았다. 달빛도 한여름의 남은 열기를 식히기 위해 밤하늘에 떠오른 걸까.

이 밤, 이렇게 대선 소주 한 병에 취할 수 있는데 걱정 고민이 무슨 소용이람. 무의미한 부채감을 끌어안고 잠드는 것보다 대선 소주에 달빛 한 조각 안주 삼아 걷는 편이 의미 있는 삶 아니겠어? 그러니까 내일 다시 오늘 저녁 못 쓴 글을 열심히 써야겠다. 항상 따라붙는 이놈의 부채감이 있어야, 또 한잔할 핑계가 생기는 법.

+시크릿 페이지 4

통영에서 비밀로 하고 싶은 두 곳

1. 죽림 신도시의 해산물 코스 정식, '구을비'

사실 통영 현지인들은 다찌집을 잘 찾지 않는다. 통영 다찌집은 순전히 외지인들에게 '로망'이 되어버린 상상 속의 통영 같은 곳. 그래서인지 인터넷상에 올라온 통영 유명 다찌집 후기들은 기복이 크다. 매스컴에 소개되었더라도 우리의 환상을 충족시켜주지 못한다는 의미다.

뭍에서는 먹어보기 힘든 해산물 한 상이 훈훈한 인심 가득 담아 차려질 것 같지만, 빠짝 마른 해물 반찬이 초라하게 올라온다든지 익숙한 단골과 타지인을 차별하는 상이 차려진다든지 하는 식이다. 가격도 보통 1인 4만 원 이상을 호가하기에 기대와 다른 차림을 받고 나면 소중한 여행 중에 기분 상하고 비용 버리고, 타격이 이만저만 아닐 테다.

그렇기에 통영에서 해산물 한 상을 푸짐하게 맛보고 싶다는 이들에게 나는 일식집 코스 요리나 해산물 코스 요리집을 추천한다. 특히 통영 광도면 죽림 신도시에 위치한 해물 코스 요리집 '구을비'가 그렇다. 테이블마다 구색이 다른 차림은 절대 찾아볼 수 없다. 메뉴는 '구을비 해물 코스(1인 4만 원)' 단 하나다. 비용이 부담된다면 조금 절약해서 반다찌(말 그대로 다찌집에 비해 가격이 반, 그러나 차림도 반)를 찾을 수도 있겠지만 남녘 동네로 내려온 김에 푸짐한 해산물을 종류별로 맛보고 싶다면 절대 아까운 가격은 아니다. 4만 원이라는 가격이 황송할 만큼 상다리 휘어지는 한 상이 나온다고 자부한다.

오픈한 지 1년이 채 되지 않아 내부는 쾌적하고 깔끔하다. 평일이라도 예약은 필수. 현지인들이 구을비에 다 모여 있기 때문이다. 저렴하지 않은 가격임에도 평일부터 사람이 가득 차는 것을 보면 통영 시민들에게도 인정받고 있다는 뜻이다. 죽림 신도시의 해안로가 바로 앞에 펼쳐져 있어 미리 창가로 예약하고 앉으면 바다를 바라보며 식사할 수 있다.

곁들임 반찬으로 나오는 음식들도 하나하나 플레이팅에 공들였음을 알 수 있다. 음식 맛도 중요하지만 눈으로 즐기는 것 역시 중요한 나 같은 사람이라면, 더더욱 망설일 것 없이 구을비를 방문하길 바란다. 통영에 다시 방문할 때 주저않고 다시 찾고 싶은 곳이다.

2. 눈이 부신 거제대교 오션 뷰, 카페녘

통영에서 바다가 보이는 카페를 찾는 것은 그리 어려운 일이 아니다. 서울에서는 귀한 오션 뷰가 통영에서는 서울 시내에서 스타벅스 가듯 간단한 일이니, 모든 자리에서 바다가 보이는 일은 새삼 놀랍지 않게 된다. 하지만 일정이 빠듯해서 통영의 오션 뷰 카페 딱 한 곳만을 가야 한다면 단연 '카페녘'이다.

용남면의 견유마을을 지나 통영타워 건물에 위치한다. 바로 앞으로는 신거제대교가 자리하여 한 발짝 걸어가면 거제도다. 통영타워 자체가 전망 목적으로 높게 지어진 건물인 데다 카페녘의 8층은 루프톱으로 되어 있어 탁 트인 전망을 자랑한다.

1층에 들어서자마자 높은 층고와 널찍한 내부에 감탄이 나온다. 1층 카운터에서 주문을 하면 7층에 올라가 주문한 음료와 디저트를 받을 수 있다. 굳이 7, 8층까지 올라가지 않고 2층에 머물러 있어도 오션 뷰는 충분히 만끽할 수 있다. 하지만 카페녘의 백미는 8층 루프톱이니 꼭 올라가보자.

루프톱에 오르기 전 7층 공간은 360도 회전한다. 예민한 사람은 살짝 멀미를 느낄 수도 있으나, 탁 트인 바다 전망을 바라보며 한 바퀴 돌고 싶다면 추천한다. 8층 루프톱과는 전혀 다른 느낌으로 중후한 카우치와 등받이 의자가 마련되어 있어 편하게 쉬다 가기에 좋다.

8층 루프톱은 7층에서 계단으로 이동한다. 8층에 도착해 고개를 내미는 순간, 이곳이 동남아의 휴양지인지 통영인지 잠시 헷갈릴 만한 뷰를 자랑한다. 특히 평일 낮에 방문한다면 이 넓은 루프톱 층을 전세 내는 기분도 만끽할 수 있다. 오래 앉아 있기에 그리 편한 자리는 아니지만 '바다가 있는 여행지의 정수'에 머무는 듯한 기분이 드는 곳이다.

통영 최고의 오션 뷰를 즐길 수 있는 카페녘

4th Week

오직 '나' 하나만 생각해본 적 있어?

Day 22 화가 잔뜩 난 어느 날 오후 널 만났지

_ 통영 고양이

연고라곤 전혀 없는 이 남녘 동네 통영에 와서 지내다 보니 내가 알고 있던 내 세상이라는 것이 정말 실존했던 것인지 의문이 들었다. 눈에서 멀어지면 마음에서도 멀어진다는 말이 있다. 반대로, 눈에 매일 보이면 마음에도 매일 깃든다. 그래서 항상 만나는 사람, 늘 하는 일, 언제나 다니는 길로 일상이 반복될수록 그게 내 인생의 전부라고 여긴다. '나'라는 사람의 정의는 그렇게 각인되듯 확실해지고 있었다. 그리고 나는, 그 정의에 나를 맞춰가고 있었다. 진짜 나에 대해 돌아볼 시간 같은 건 없다고 여겼다. 하지만 시간이 없는 것이 아니라 마음이 없는 것이었다. 나는 굳이 '진짜' 나를 알고 싶지 않았다.

'이미 정의 내려진 지 오래인 지금의 나와 다르면 어떡해. 그런 불편함은 겪고 싶지 않아.'

문득, 서울로 돌아가야 할 날을 일주일 정도 앞두고 뜬금없게도 화가 났다. '너는 이런 걸 좋아하잖아, 네가 원래 그런 성향이잖아'라며 나를 정의 내리던 친구. '너는 어려서부터 주어진 환경에 잘 적응하는 편이었어, 네 길을 개척해나가는 스타일은 아니지'라고 자주 이야기하던 우리 엄마. 오랜만에 나를 만나 '너 그런 성격인 줄 몰랐어!'라며 변했다고 말하던 동기들. '말을 잘 안 해서 아무 생각이 없는 줄 알았어'라고 말하던 어떤 사람. 그 밖에도 파리처럼 내 머릿속을 윙윙 쫓아다니는 사람들의 말, 말, 말. 왜 나는 이토록 나를 정의하는 주변인들의 말에 발끈하는 걸까. 아니라고 하면 그만인 것을. 이렇게 평화롭고 아름다운 바다 마을까지 내려와 한 달간 잘 지내놓고 왜 불쑥 그 많은 말들을 떠올리며 부글부글 화를 삭이는 걸까. '발끈'의 꾸러미를 마음속 깊은 곳에 곳간의 쌀 포대처럼 쌓아두고 사는 내가 너무 싫다.

내 머릿속에서 일어나는 전투와는 별개로 오늘도 눈앞에 펼쳐진 청록빛 통영 바다는 고요하기만 하다. 그러나 아름답고 멋진 곳에 있어도 마음이 지옥이면 그곳이 바로 지옥이라 했다. 오늘따라 불쾌한 잡생각이 따라붙으니 이 아름다운 풍경도 그냥 출력해서 붙여놓은 바다 사진과 다름없었다.

그때였다. 내가 앉은 테라스 근처 화단으로 누렁이 같은 색의 고양이 한 마리가 슬쩍 다가왔다. 생각에 생각이 꼬리를 물고 억울해 있는데, 고양이 한 마리 등장으로 정신이 번뜩 돌아왔다. 녀석은 고양이답게 뭔가를 꿰뚫는 눈빛으로 나를 본다.

'흠, 인간! 너 또 쓸데없는 생각하고 있었지? 쯧쯧.'

정확히 그런 눈빛이다. 고양이의 눈빛을 좋아한다. 내 생각을 다 안다는 듯한 눈빛. 그래서 마음이 힘들 때마다 늘 고양이를 찾았다. 동네 고양이, 카페에서 키우는 고양이, 친구네 고양이. 내 마음을 정확히 파악하는 눈빛을 하고서는 묵묵히 옆에 앉아 들어준다. 물론 들어준다는 것은 어디까지나 내 착각일지도. 가끔 나를 하찮다는 듯이 바라본다고 느껴질 때도 있으니까. 어쨌든 그 옆에 앉아 온기를 나누고 있으면 어느새 머릿속이 텅

빈다. 고양이의 눈빛 때문인지, '귀엽다'는 생각으로 가득 차서 비게 되는 것인지 정확한 내막은 모르겠다.

고즈넉하고 한산한 통영의 평일 낮을 돌아다니다 보면, 이 조용한 바다 마을 곳곳을 자유로이 누비는 영혼들과 만난다. 수시로 하나씩 마주치니 고양이가 많은 동네라고 생각했다. 어쩌면 내가 그 어디에서보다 많이 돌아다녀서 고양이를 많이 만난 걸 수도 있겠다. 순서야 어찌 되었건, 통영과 고양이는 참 잘 어울린다. 뭐든 서두르는 법이 없이 내키는 대로 움직이는 고양이, 그리고 파도가 밀려오는 속도보다 느리게 가는, 그래서 파도의 파란 빛과 똑같이 물들이버리는 통영의 하루. 느리고 자유롭다, 통영과 고양이는.

내가 만난 통영 고양이들은 언제나 내 곁에 조금 머무르고는 다시 길을 떠났다. 오늘의 고양이도 그랬다. 넘치는 생각에 혼자 울고 웃는 나를 빤히 바라보고는 어딘가로 사라졌다. 나는 내 곁에 있다가 떠난 그들이 바다로 갔을 거라고 생각했다. 모래섬처럼 텁텁한 인생에 지쳐 물을 찾아 이곳으로 온 나처럼. 통영 고양이는 수시로 바다로 향할 것이다. 나처럼 한 달이 아닌 평생 동안 언제나. 그렇게 누비는 바다만큼 넓게 살겠지, 흐르듯이 살겠지. 유려한 통영 바다 물결을 닮은 모습으로.

오늘 나는 노란 고양이가 떠난 자리를 바라보다가 문득, 내가 스스로에게 채우고 있던 족쇄를 발견한 것만 같다. 좁은 도시, 좁은 지하철, 좁은 방, 딱 그만큼의 내 시야. 누구도 강요한 적 없는데 남들이 '나'라고 말하는 그 '나'를 지키기 위해 고군분투한 나날. 남들에게 '좋은' 사람이 되려고, '맞는' 사람이 되려고 노력했던 내 모습. 아니면 아니라고 말하면 되는 것을 왜 아무 말 못 하고 어색하게 끄덕였는지. 그 답을 오늘에서야 찾고 말았다.

'남들이 규정짓는다고 그게 나인 것은 아니잖아. 그렇게 살아야만 하는 것은 아니잖아. 혹, 언젠가는 그들이 말한 나조차도 진짜 나의 일부였다고 생각하는 날이 올 수도 있잖아.'

고양이가 떠난 자리까지 바닷물이 차오른다. 내 발끝까지 흘러와 머리까지 깊게 잠긴다. 오늘 나는, 통영 고양이를 따라 바다로 나갔다. 자유롭게 유영하고 조금 더 바다같이 생각한다. 넓고 깊게, 끝을 모르는 바다의 흐름만큼 어디로도 가둘 수 없게.

통영에서 만난 고양이들

Day 23 통영 자개처럼 늙을 테야

_ 통영시립박물관

어린 시절부터 박물관을 좋아했다. 전시된 유물들이 어느 시대 것인지, 그 시대가 역사책 속에서 어떤 의미를 가지는지엔 관심이 없었다. 부모들은 아이들 역사 공부에 도움을 주기 위해 열심히 박물관에 데려가고, 학교에서도 견학을 보내는 것이리라. 그런데 이런 의도를 떠나 그저 '박물관' 자체를 좋아하는 나 같은 어린이도 있었으니 참 희한한 일이다.

인간이 태어나 학습을 통해 개인의 판단 능력이 갖춰지기 전까지는 태어나기 이전의 전생을 고스란히 기억한다는 이야기가 있다. 그리고 본인이 가진 성향을 아주 자연스럽게 표출하는 시기가 바로 이 어린아이 시절이라고. 말도 안 되는 소리라며 웃는 사람이 많겠지만, 나는 이런 초현실적이고 샤머니즘적인 이야기를 늘 좋아한다. 그리고 역사의 '역' 자에도 관심이 없으면서 줄기차게 박물관을 찾았던 어린 시절을 떠올릴 때마다, 늘 나의 전생과 이번 생의 사명이 무엇일지 궁금해진다.

박물관에 들어가면 나를 감싸는 기운이 달라진다. 5백 년 전, 1천 년 전의 물건들로 가득한 공간. 가볼 수 없는 과거의 세계에서 온 물건들이 나를 기다리고 있다는 사실에 언제나 가슴 뛰었다. 입구에 들어서자마자 깜깜해지는 분위기는 또 어떻고. 어린아이에게는 수백 년 전 세계로 모험이라도 떠나는 기분이 드니까. 그렇게 마주한 유물을 나는 한참 동안 가만히 바라보곤 했다. 오랜 세월 한자리에서 변함없이 인간사를 내려다보는 달처럼, 유물들은 말할 수 없는 오랜 이야기들을 간직하고 있는 듯했다.

나의 박물관 사랑은 나이가 먹고도 계속되었다. 대학 때는 수업 중 몰래 빠져나와 학교 내 박물관으로 도망갔던 적도 많다. 평일 낮, 대학교 내 박물관은 정말 고요하다. 마음껏 유물을 독대할 수 있다. 그렇게 한 시간 정도를 어둠 속에서 과거의 빛을 받고 나오면 에너지가 충전되고는 했다.

그런데 통영 바다와 자연에 밀려, 미처 통영에서 박물관을 찾아야겠다는 생각을 못 했다. 통영에서 지내는 시간이 길어질수록 이 도시는 정말 예술가들이 활동하기 좋은 환경이라는 감상이 커져갔고, 불현듯 통영의 박물관도 궁금해졌다. 어떤 예술의 역사를 품고 있을까. 나에게 또 어떤 옛이야기들을 들려줄까.

그렇게 찾아간 통영시립박물관은 정말 조용한 도천동 동네 어귀에 있었다. 전에 갔던 서피랑 마을, 서호시장 등이 옆에 붙어 있었다. 처음 찾은 그 동네는 평일 낮이라 그런지 쥐 죽은 듯이 조용했다. 박물관을 향해 걸어가는 길조차 과거로 가는 길처럼 느껴질 만큼 고즈넉하고 예스러웠다. 박물관은 생각보다 웅장했다. 작고 소박한 건물일 줄 알았는데 근현대 시대극의 세트장 같기도 한, 레트로 스타일의 건물이었다. 알고 보니 1943년에 지어져 1995년까지 통영 군청으로 사용되었던 건물이라고 한다. 어쩐지, 건물의 양식을 보아하니 예사롭지 않았는데 일제 강점기

통영의 역사를 간직한 통영시립박물관

양식의 느낌이 물씬 난다. 문화재로도 지정되었다니, 더 소중하게 느껴지는 건물이었다. 박물관에 오기 전까지 통영시가 원래는 통영군이였는지도 몰랐다. 역시 박물관을 찾으면 알게 되는 사실이 많다.

박물관 입구에 올라서니 어디선가 고양이 울음소리가 들린다. 고양이라면 일단 대환영인 일명 고양이 바라기인 나는 역시 소리가 나는 곳으로 방향을 틀었다. 그곳에는 이미 박물관 직원으로 보이는 한 아주머니가 자리 잡고 앉아 고양이와 대화 중이었다. 아주머니의 허리춤에 기대 몸을 비비는 전형적인 '개냥이'였다. 고양이만 보면 오지랖이 생겨 아는 척을 했다.

"정말 귀엽네요. 직접 키우시는 건가요?"

"아니요. 얘가 이렇게 쫓아다녀요. 내가 밥도 주고 그러니까 알아보고 자꾸 쫓아다니는 거지요."

아주머니도 고양이에게 간택을 받은 인간답게 술술 이야기를 풀기 시작했다. 그렇게 한동안 고양이와 아주머니는 그 자리에 있었다. 고양이에게 밥을 챙겨주는 자상한 분이 계시다니, 이 박물관과 도천동은 참 훌륭한 곳이군. 말도 안 되는 무논리 상태로 박물관에 들어섰다.

여름인데도 불구하고 박물관 실내에서는 관공서 건물의 특성대로 시원한 음지의 기운이 느껴졌다. 역시나 관람객은 나뿐이었다. 큰 실내에 내 발소리만 터벅터벅 들리니 긴장이 되었다.

1층에는 통영의 근현대 나전칠기 장인 전이 열리고 있었다. 오래된 유물이 아니라는 생각에 별 기대감 없이 들어갔다가 그 아름다움에 홀려 2층으로 올라가는 데 애를 먹었다. 자개라고 하면 큰 서랍장이나 할머니네 장롱의 장식 정도로만 생각했던 나에게 통영 자개 장인들의 작품은 가히 놀라웠다. 젓가락 받침대, 액자, 길이를 재는 자까지 자개 작품으로 만들어져 있었다. 밤하늘처럼 칠흑 같은 바탕에 무지갯빛의 자개가 별처럼 박혀 있어 정말 아름다운 자태였다. 자개가 아름답다는 것은 알았지만 넋 놓고 보게 된 건 오늘이 처음이었다. 생각지도 못하게 1층에서 정신이 팔려 뒤늦게 2층 상설 전시장으로 올라갔다.

상설 전시장에도 자개 못지않게 아름다운 통영의 전시품과 유물들이 전시되어 있었다. '통영, 명품으로 빛나다'라는 문구가 전시를 한마디로 압축해주는 문장이었다. 통영에게서 느껴졌던 천부적 예술성은 나 혼자만의 감상은 아니었다. 세계 어디에 내놓아도 빠지지 않을 수준의 다양한 명품들로 가득했다.

상설 전시에서는 통영이 예술의 땅이 된 배경을 확실히 알 수 있었다. 경상도, 전라도, 충청도 3도의 수군을 관리하는 삼도수군통제사영이 한산도에 이순신 장군을 필두로 들어서면서 이후에 통영시의 자리로 통제영이 이전하게 된다. 해군 본부가 들어서자 그때부터 본격적으로 군사 기술자들과 각지의 장인들이 통영에 몰려들기 시작했다고 한다. 군수품, 진공품, 헌상품 등을

우아하고 소박한 통영 예술품

만들고 조달하는 12공방이라는 조직도 있었다고 하니 굉장히 체계적인 장인의 도시다. 이때 통영으로 모인 전국의 장인들이 살기 좋고 풍광 좋은 통영에 그대로 터전을 틀게 되고, 그 이후부터 통영 예술의 역사가 시작되었다고. 역시 통영이 예술의 도시가 된 데에는 필연적인 사연이 있었구나 하는 생각이 들었다. 통영은 바다의 땅인 동시에 예술가의 땅이었다.

'통영의 예술품' 하면 자개가 일순위다. 그런데 박물관을 둘러보며 오직 자개만을 생각했던 편협함이 싹 사라졌다. 떡갈나무로 만든 튼튼하고 고급스러운 가구들부터 정갈한 자태가 고운 나무 소반, 주홍빛 배색에 알록달록한 자수를 수놓은 병풍의 색감도 시선을 사로잡았다. 우리나라에서 예로부터 고급스럽다고 칭해오던 예술품들은 아무래도 우아하고 소박한 미를 보여주는 무채색 혹은 검소한 분위기의 작품들이 많다. 그런 점이 우리나라 예술품의 매력이라고 생각하지만 무미건조하게 느껴질 때도 많았다. 그런데 통영의 작품들에는 기존의 틀을 벗어나는 자유분방함과 현대적인 미의 감각이 살아 있었다. 지금 당장 내 방에 놓고 싶은 가구, 훗날 더 큰 집을 마련하면 해놓고 싶은 인테리어. 이런 생각을 들게 만드는 예술품이 살아 있는 작품이고 진정한 명품이라는 생각을 한다. 통영의 명품들이 나에겐 확실히 그랬다.

박물관에 좀 더 일찍 찾아올걸 하는 마음이 있었다. 그런데 막상 보니 늦게 오기를 잘했다는 생각이 들었다. 한 달 일정 중 박물관에 서둘러 방문했다면 어땠을까. 통영을 미처 경험하기도 전에 '통영은 예술의 도시구나'라는 감상에민 빠져 통영을 바라봤을지도 모른다. 그런데 몸소 통영을 경험한 뒤에 이곳에 오니, 내가 느낀 통영의 예술적 부분들을 명확하게 확인받는 느낌이다. 배운 지식을 통해 보는 게 아니라 직접 체화하고 그 후에 모자란 부분을 채우니 오랜 기억으로 남을 듯하다. 아이들에게 체험 학습을 권장하는 이유가 이런 건가. 서른이 넘어서야 체험 학습의 중요성을 깨닫다니.

시간이 지나도 퇴색되지 않는 아름다움, 그리고 클래식이 가지는 불변의 가치. 그런 것들이 통영 명품에 있었다. 통영 자개처럼, 통영 소반처럼 늙을 수 있다면 좋겠다. 인생의 한 시대에만 눈부시게 빛나는 그런 사람보다, 시간이 흘러도 잔잔하게 반짝이는 자개처럼 그렇게 살아갈 수 있다면. 잠시 사람들에게 잊히고, 잠시 고리타분하다고 외면받아도 언젠가 다시 그 진가를 알아차릴 수밖에 없는 나만의 힘과 나만의 가치. 어쩌면 나는 그래서 늘 박물관을 찾았는지도 모른다. 수백, 수천 년이 지나도 시간을 관통하는 가치를 지닌 나처럼 너도 너만의 시간을 관통하는 사람이 되라고. 내가 박물관을 찾아다니며 듣고 싶었던 그 이야기를 오늘 통영의 자개가, 통영의 소반이, 나에게 들려준 것은 아닐까.

+오늘의 노트 9

60년 후 나는 어떤 모습일까?

우리가 살아갈 나날을 두고 '백세 인생'이라고 부르지. 그러고 보면 '인생은 60부터'라는 말이 정말 맞는 것 같아. 60세 이후로 40년 가까이 되는 세월이 남은 거잖아. 아직 30대인 나는 남은 생이 정말 까마득하면서도 '멀고 멀다'라는 생각보다 '어떤 중년이 될까? 어떤 노년이 될까?' 하는 고민이 앞서. 어제와 오늘 같은 평범한 하루하루가 모여 10년, 20년, 40년이 된다는 것. 그렇기에 지금의 내 마음이 곧 60년 후의 내 모습으로 가는 그 시작점이겠지.

나의 노트:

역사와 시간을 한 땀 한 땀, 통영 누비

바람이 세차게 불고 비가 쏟아지던 통영의 7월 어느 날, 차디찬 비바람을 피하려는 길고양이 같은 몰골로 해수점 누비 공방에 들어섰다. 서호시장을 마주하고 서 있는 작은 건물 2층이었다. 다른 세상으로 들어가는 듯한 어둡고 좁은 입구였는데, 그 점이 오히려 누비를 전혀 모르는 나에게 신비감을 더해주었다.

재봉이나 바느질이라고는 초등학교 실과 시간에 방석 만들기 이후로 처음인 내가 누비에 도전한 것은 순전히 통영에 대한 애정, 그 하나 때문이었다. 통영이라는 도시의 예술적 분위기에 감동받은 이후 조선의 통제영에서부터 내려오는 통영 예술혼의 뿌리가 자꾸만 궁금해졌다. 세계를 누비며 이곳저곳을 돌아다닐수록 가장 세계적인 것은 가장 지역적인 것이라는 생각이 더해만 갔는데, 내가 찾아간 해수점 공방의 정숙희 작가가 똑같은 말씀을 꾸준히 해왔다는 사실을 알고 그 생각에 더욱 확신이 갔다.

작가의 공방은 정성스런 시간을 담은 다양한 누비 작품들로 가득했다. 전통을 이어가겠다는 그 단호함과 흔들리지 않는 믿음처럼 한 땀 한 땀 이어진 선들은 촘촘하고 정갈했다. 나이를 한 살 한 살 먹을수록 누군가의 철학과 가치관이 확실하게 묻어나는 수제품들이 그 어떤 유명 브랜드 제품보다 아름답게 보인다. 일상 속에서 그런 가치를 알아보는 이를 만나면 나는 언제나 마음이 끌린다.

'이렇게 아름다운 작품을 나도 꼭 만들어보고 말리라'는 야망을 품고 시작한 누비 작업은 근 몇 년간 도전해본 일 중 가장 어려운 작업이었다. 노트북 파우치를 만들기 위해 노루발과 재봉틀 다루는 법부터 연습했지만, 노트북 파우치는커녕 파우치의 덮개라도 제대로 재봉할 수 있을까 의문이 들었다. 하지만 솜과 밑천을 도톰하게 덧댄 원단의 촉감과 그 위를 일 초 일 초 지나가는 재봉의 순간은 나를 고스란히 현재에 있게 했다.

다다다다다. 작은 스쿠터를 타고 해안일주로를 드라이브하는 기분으로 페달을 밟고 원단 위를 달린다. 실내화를 신은 신발마저 벗어버리고 맨발로 미싱 페달을 살살 밟으며 시간 위를 달린다. 바늘이 지나간 자리로 올록볼록 톡톡하게 만들어지는 흔적이 아직은 말도 안되게 삐뚤다. 갈 지之 자로 흔들리는 땀 선이 수시로 흐트러지는 내 하루하루같이 보인다.

'한 번에 잘하는 건 내 인생엔 없는 거야.'

깊은 한숨과 함께 줄곧 절망적인 생각이 들었지만 이내 페달을 밟고 시동을 걸었다. 매일 하루에 세 시간씩, 나흘 동안을 그렇게 누비 공방에서 보냈다. 당연하게도 내 실력은 나흘 전과 비교해 전혀 늘지 않았고 여전히 땀은 내 인생마냥 삐뚤었지만, 통영과 조금 더 친해졌다는 혼자만의 뿌듯함은 가득했다.

통영의 역사 깊은 전통 공예를 체험해보니 이 도시의 진솔한 내면을 좀 더 깊이 알아가는 기분이었다. 겉으로만 맴도는 대화와 의례적인 연락만을 주고받던 친구와 밤새워 서로의 인생 이야기를 나누고 마음을 줘버린 느낌이랄까?

막바지에는 공방 선생님들과 작가님이 합심해 내 작품을 완성해주었다. 내가 만든 작품이 맞나 싶을 정도로 엄청난 보완이었지만, 어쨌든 아름다운 누비 노트북 파우치가 내 손에 들어왔다. 노트북을 지고 매일 세상을 싸돌아다니는 나에게 이 얼마나 소중한 작업물인가. 필연적으로 하루도 통영을 잊을 수 없게 되어버렸으니.

손에 들어온 누비 파우치의 바늘땀들을 유심히 본다. 통영에서의 하루, 이틀, 사흘, 나흘 그 시간들이 들여다보인다. 그 안에 마을로 올망졸망 둘러싸인 통영 바다도, 고양이들을 만났던 미수동 골목도, 비 오는 날 우산을 쓰고 걷다가 '수국이 참 많네.' 하고 생각했던 봉숫골 거리도 다 있다.

통영 누비는 그렇게 모두의 시간을 품나 보다. 나의 짧은 찰나, 우리 엄마와

할머니, 그 너머 별의 시간만큼 멀고 먼 이 땅의 오랜 이야기까지. 모든 시간을 품고 새로운 현재를 계속해서 걷고 있는 듯한 묵묵함. 그 신의를 알아보는 이들은 이 세상에 점점 늘어날 것이다. 누비 작업을 마치고 공방을 나와 택시를 기다리는데 돌연 말을 걸어온 참외 트럭 아저씨가 떠오른다.

"여기 2층에 누비 만드는 데가 있지요? 누비가 참 튼튼하고 아주 좋은 거예요. 시간이 오래 지나도 뜯어지지도 않고 질기고 진짜 튼튼해요."

"네. 제가 누비 만들어보고 젊은 사람들한테도 소문내려고 왔어요."

"꼭 그렇게 해주세요. 통영 누비는 유명해져야 돼. 아주 멋지다고. 그런 게 또 없다고."

통영 시민들의 자부심과 지지를 가득 담고서 오늘도 통영 누비는 한 땀 한 땀 현재를 건너 뚝심 있는 역사를 만들어간다.

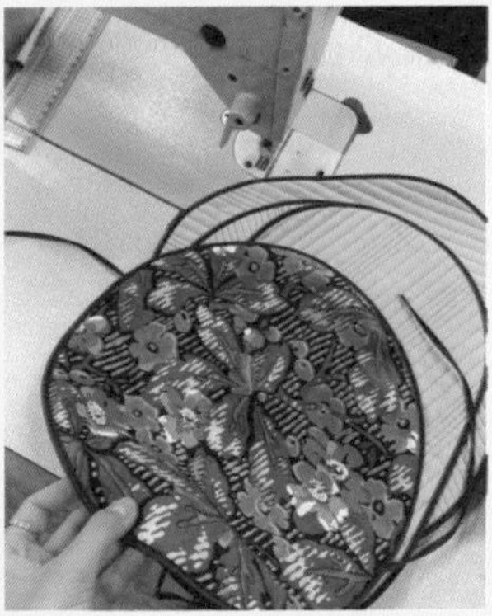

한 땀 한 땀 직접 만들어보는 통영 누비

Day 24 어디가 시작이고 어디가 끝인 걸까?

_ 통영 해저터널

"통영 여행에서 정말 생뚱맞았던 곳이 있다면 해저터널이야. 거긴 왜 갔는지 모르겠어."

통영 여행을 해본 사람들을 만나면 가끔 듣는 이야기가 있었다. 해저터널. 공상 과학스러운 이름을 가진 그곳은 어떤 곳이길래 부러 찾아간 이들의 원망을 사는 걸까. 익히 들은 실망 후기에 긴장은 좀 되었지만 미수동의 한 카페를 찾는 김에 겸사겸사 해저터널을 찾았다. 하루 일정에 떡하니 '해저터널 관람'을 넣기에는 조금 미심쩍긴 했지만.

처음 맞닥뜨린 해저터널의 외관을 보자 '아, 이래서 그들이…….' 하는 마음이 절로 생겼다. 해저터널의 이름에서 아쿠아리움을 떠올린 것과는 달리, 통영 해저터널은 정말 말 그대로 터널이었다. '통영에서 꼭 가봐야 할 관광지'로 꼽히는 것치고는 평범했다. 아쿠아리움처럼 유리 돔을 지나며 바닷속을 들여다볼 수 있을 줄 알았는데. 해저터널 내부는, 어두컴컴한 시멘트 길에 오렌지색 나트륨 램프가 드문드문 가물거리고 있었다. 미수동에서 해저터널을 찾아가는 길에서조차 '해저터널이 이런 동네에 있어?' 하는 느낌이 강하게 들었다. 전형적인 주택가 동네를 지나 한적한 식당 골목쯤에 들어서자 해저터널 입구가 보였다.

미수동에서 시작했지만 다 걸어 나가면 행정 구역상 당동이 되는 터널이었다. 찾아본 바로는 정식 입구가 당동 쪽이라고. 그렇지만 내가 서 있는 미수동 쪽이 딱히 출구 같은 인상도 아니었

동양 최초의 해저터널 입구

다. 해저터널의 역사와 준공일을 세운 비석, '해저터널'이라고 새겨진 글자 팻말 등이 보란 듯이 자리하고 있었기 때문이다. 어느 곳이 입구이고 어느 곳이 출구인지 알 수 없는 상황. 내가 세상을 사는 방식과 닮아 있었다. 바다 밑을 통과해 반대편 육지로 건너가야 할 목적도 무엇도 없는, 그저 한량인 나는 해저터널의 축축한 그늘이 편안하기 그지없었다.

해저터널의 준공 년도는 1932년. 동양 최초의 해저터널이자, 지어진 지 87년이나 되었다니 가히 어마어마한 세월이다. 또한 역사적으로는 채 아물지 못한 상처가 남은 곳이기도 하다. 일제강점기에 일본인 동영 군수의 지시로 짓게 된 터널이라니, 그 의도가 어찌 되었든 즐거운 기억이 아닌 것은 분명하다. 80여 년 전 음울한 심정으로 이 음습한 길을 지나다녔을 조상들을 생각하면 누구나 숙연해질 것이다. 그런 의미에서 이 해저터널은 한국 근현대사의 생생한 현장임이 확실했다. 그렇기에 많은 여행객이 통영의 대표 볼거리라며 이곳에 찾아오는 것이겠지. 그러고는 너무나도 '그냥 터널'일 뿐이라 실망했던 거야. 하지만 도리어 이쪽의 육지와 저쪽의 육지를 이어 통행과 물자 조달을 원활히 하겠다는, 터널 착공의 취지에만 정직하게 부합된 그런 모습이 좋았다. 어색하게 관광지화해서 조악한 돌고래 장식이라도 달려 있었으면 어쩔 뻔했는지.

컴컴한 내부에 오렌지빛 조명만 총총 아른거리는 해저터널 입구 꼭대기에는 '용문달양龍門達陽'이라는 한자어가 붙어 있었다. '섬과 육지를 잇는 해저 도로 입구의 문'이라는 뜻이다. 혹자는 '용문(수중 세계)을 지나 산양에 도달한다'라는 뜻이라 일컫는데, 여기서 산양은 미륵도다. 그렇게 따지니 내가 선 이곳이 미륵도니까 엄밀히 공식 출구가 맞다. 미수동이 있는 이곳을 미륵도라고 하지만, 다리 두 개(통영대교와 충무교)와 이 해저터널로 오고 갈 수 있게 연결되어 외지인인 내 편에서는 섬이라는 느낌이 전혀 없다.

터널 초입은 약간 비탈길이었다. 조금 내려가자 지하 특유의 냄새가 확 올라왔다. 이 안이 바닷속이라는 사실에 신기한 것도 잠시, 입구 앞에 다다라 올려다보니 천장이 제법 고풍스러운 느낌이다. 일제 강점기 건축 양식에 따른 목조 천장이었다. 앤티크한 느낌이 그대로 묻어나는 디자인. 내가 초등학교에 다니던 시절만 해도 학교 체육관이나 강당에는 종종 이런 양식의 오래된 천장들이 있었지. 까마득히 올려다보는 저 목조 천장이 80년도 더 되었다고 생각하니 터널에 들어가기 전부터 호기심과 설렘이 찾아왔다. 이 터널 속으로 들어가면 시공간의 개념이 사라질 것만 같은 기분. 80년 전에 만든 터널이라는 점도 어쩐지 타임 슬립스럽고 말이야. 들어가는 순간 바닷속에 있는 것이 되니까 진짜 모든 게 달라질 수도 있어! 터널 한가운데가 해저 13미터 속이라는 사실은 이 모든 상상을 가능하게 만든다.

본격적으로 걷기 시작한 터널 속은 역시나 육지 위와 기운이 달랐다. 농담처럼 떠벌렸지만 이곳에 들어오는 순간 시공간이 달라지는 게 분명하다! 이 안이 지금 바닷속이란 말이지? 안 그래도 축축한 터널 속 공기가 바닷속이라는 생각 때문인지 심해처럼 차다. 정말 깊은 바닷속 한가운데 들어온 듯하여 두 팔을 허우적거리는 시늉을 해본다. 유영 중인 기분이 드는 것도 잠시, 갈 길을 가는 사람들의 시선이 느껴져 그만두고 만다. 왠지 조금 부끄러우니까.

터널을 걷다가 뒤를 돌아보면 드문드문 뒤따르는 인적이 있었다. 터널을 지나 반대편 출구로 나가려는 보행자들이었다. 반대편으로 나가야 하는 목적을 지닌 이들은 열심히 뚜벅뚜벅 앞을 향해 걸었다. 나처럼 사진 한 번 찍고, 천장 한 번 보고, 멈춰서 두리번거리는 자는 없었다. 모두 같은 출구를 향해 일제히 걷는 길에서 입구가 어디든 출구가 어디든 어떻게 되든 상관없는 사람. 그게 바로 나였다.

미수동에서 시작하는 해저터널이 입구가 될 수도 있고, 당동에서 시작하는 해저터널이 출구가 될 수도 있는 인생. 혹자는 터널을 깜깜한 어둠의 시기에 비유하곤 한다. 길고 긴 터널처럼 지금 내 삶이 한 치 앞도 보이지 않아 지치지만, 저 앞에 빛의 출구가 기다리고 있다고. 조금만 더 걸으면 이제 끝이라고. 하지만 나에게 해저터널은 그저 내가 걷는 길에 잠시 만난 또 다른 세상

헤가 지고 전구에 불이 들어오면 꽤 트렌디해 보이는 해저터널

일 뿐이었다. 빛의 출구를 향해 걸어간다는 생각 같은 건 전혀 없었다. 시공간을 잊고 그냥 걸었다. 80여 년 전의 어떤 발걸음들과 함께 걸었다. '좋다', '나쁘다' 같은 단어로 뭉뚱그려서 단정하기 어려운 시간이었다.

삶의 시간을 걸어 나갈 때도 나는 오늘의 해저터널 속에서처럼 걸을 것이다. 남들이 지금 너는 입구에 섰다고 아니, 출구라고 혹은 좋을 거라고, 나쁠 거라고 말하는 것과 상관없이 나만의 의지로 걸어가는 삶. 그 걸음에서는 남들이 제멋대로 판단하지 못할 다양한 시각과 이야기가 생길 것임을 안다.

입구 밖으로 걸어 나오자 수중 세계는 꿈이었는지, 다시 한적한 주택가 풍경만이 펼쳐져 있다. 미수동에서 출발해 이제 당동이다. 미수동과는 또 다른 분위기가 느껴지는 동네다. 고개를 들어 하늘을 보니 어느새 어둑어둑해져 있다. 밝은 시간의 해저터널과 어두운 시간의 해저터널을 골고루 겪어보니 해저터널을 방문할 때는 해 질 무렵이 좋겠다는 생각이 들었다.

해가 지고 어둠이 깔리니 해저터널에 초록빛, 보랏빛, 파란빛 등 다채로운 색감의 불이 들어오기 시작했다. 원래 알록달록한 색깔의 엘이디LED 전구로 장식하는 것을 별로 좋아하지 않는데, 해저터널은 그 분위기가 참 잘 어울린다. 터널 깊은 곳에서 번져 나오는 오렌지빛 조명이 벽과 바닥에 수채화처럼 번지면서 보라색, 초록색과 어우러졌다. 처음 내가 해저터널을 찾을 때 떠올린 '공상 과학' 느낌, 해가 지고 나서야 드디어 찾았다! 이런 느낌이 실제하는구나, 해저터널에는.

주변을 돌아보니 스산하리만큼 한산하다. 저녁 시간이 다 되어서인지 지나다니는 인적이 없고 바람에 흔들리는 나뭇잎 소리만 들린다. 미수동 터널과 마찬가지로 똑같이 입구의 상단에 붙어 있는 '용문달양' 글자가 유독 눈에 띈다. 나와 같이 터널에 있던 그들은 수중 세계를 거쳐 각자의 육지로 가버린 걸까? 혼자 남은 당동의 터널 앞에서 문득 궁금해졌다.

당동의 해저터널 앞 동네 모습

미수동과 당동, 골목골목 동네 탐험

통영 해저터널은 미수동에서 들어갈 수도, 당동에서 들어갈 수도 있다. 입구가 어디고 출구가 어딘가와 상관없이 내키는 동네에서 시작하는 것을 추천한다. 그것이 여행자만의 특권이니까. 단순히 반대편으로 건너가기 위한 보행이 아니기에, 어떤 선택을 하더라도 그만의 매력을 느낄 수 있다.

미수동

미수동은 터널에 진입하기 전 미수해안로를 따라 걸으며 바다의 정취를 느낄 수 있다. 낮에 가면 새파란 통영대교가 청량하게 보이고, 해 질 무렵에 가면 대교 뒤로 핑크빛이 되는 하늘이 정말 아름답다. 해가 진 후에는 빨간 등대와 바다에 비치는 가게들의 네온사인, 통영대교의 불빛이 어우러져 훌륭한 야경을 감상할 수 있다.

당동

당동 해저터널 입구에 있는 '터널슈퍼'가 정겹다. 그 옆으로 우리네 역사가 고스란히 느껴지는 적산가옥 형태의 가정집을 만나볼 수 있다. 터널을 나와 마주한 당동의 첫 이미지는 왠지 기찻길 옆 마을 같은 분위기. 금방이라도 철로를 타고 큰 열차가 달려올 것만 같다. 아기자기한 당동의 골목들을 지나면 통영대교와 그 밑을 따라 유유히 흐르는 통영 바다가 한눈에 내려다보이는 충무교에 오를 수 있다. 하늘이 맑은 날 충무교에서 바라보는 통영의 전경은 일품이다.

미수동 통영대교의 야경

Day 25 여기저기 미안하면서, 나한텐 미안하지 않아?

_ 루프톱 바 아뮤제

사실 정답을 알고 있었을지도 모른다. 어떤 모습으로 살아가야 하는지, 어떤 모습으로 사는 게 나다운지. 그래, 나는 이미 알고 있었다. 다만, 알고 있다는 사실이 나를 불편하게 했을 뿐. 무엇을 어떻게 해야 하는지 알면서도 그렇게 행동하지 못한다는 것은 전적으로 나의 잘못이니까. 답을 모른다는 변명 아래 숨어서 갈 길을 잃어버린 것처럼 그렇게 스스로 속이며 살아왔다.

스스로를 속이는 법? 일단 세상의 눈치를 봐야 한다. 어떻게 살아야 할지 모르는 사람이라면 일단 남들이 좋다는 삶의 방식, 남들이 추켜세우는 행동을 따라 하게 되어 있다. 그래야 안전할 것이고 무리에게 인정받으며 살 수 있으니까. 남의 눈치를 보며 산다는 것은 늘 미안해지는 일이다. 아무리 그대로 따라 하려고 노력해도 내가 그 사람이 아닌 이상 상대가 원하는 것을 명확히 알기 힘들다. 그래서 가끔은 그들의 비위에 거슬리기도 하고, 실망을 안기기도 한다. 그럴 땐 늘 미안해진다. 너를 불편하게 해서 미안해, 너를 실망하게 해서 미안해. 나를 버리지 말아줘. 나를 외면하지 말아줘.

남들 눈치를 보며 행동을 결정하던 시절의 나는, 여리고 겁이 많아 남들이 하는 것을 따라야 마음이 편해지는 것이라고 생각했다. 그런데 지금 돌이켜보면 결코 그렇지가 않다. 남들의 말에 상처받을까 두려웠던 것이 아니라, 나는 남들의 마음을 불편하게 하는 것을 두려워하고 있었다. 내가 여기서 아니라고 하면?

내가 원하는 것은 이것이라고 사실대로 말한다면? 그런 질문들이 나의 마음을 괴롭혔다. 나를 솔직하게 드러내면 누군가는 분명 실망할 수도 있고, 나를 떠나갈 수도 있을 것이다. 그러나 그것은 당연한 일이었다. 세상 사람 모두가 나를 좋아할 순 없으니까. 모두가 좋아하는 사람이란, 모두의 눈치를 보는 사람이 아닐까? 과거의 나는 그런 사람이 되려고 애썼다. 그래서 하루하루가 힘들었고 외로웠다.

과거의 나에게 화가 나기도 한다. 내가 원하는 게 무엇인지 너무도 정확히 알아버린 지금에 와서야 가끔 울컥하고 화가 난다. 바보같이, 이미 다 지난 일임에도 불구하고. 그건 아마 내가 나에게만큼은 제대로 사과를 하고 넘어가지 않았기 때문일 것이다. 누군가에게 늘 미안했던 나. 항상 긴 편지를 써서라도 진심인 척 사과하던 나. 실망한 그를 달래려고 밤잠을 설치며 긴 이야기를 준비하던 나. 그런 내가 떠오른다. 그러면 반드시 나는 화가 난다, 나에게.

나에겐 미안하지 않았어? 나를 실망하게 하는 건 두렵지 않았어? 마음속 한구석의 내가 늘 그렇게 소리치는 것이 들렸지만, 그럴 때일수록 듣지 않으려고 더 강하게 가슴을 꾹 누르곤 했다.

옅은 저녁, 미수동 바다가 내려다보이는 루프톱 바를 찾았다. 미수해안로에 있는 포르투나 호텔 제일 꼭대기에 자리한 루프톱 바 아뮤제. 오늘은 이렇게 분위기 있는 곳에 앉아 생각을 정리하려고. 정말로 솔직한 내 마음에 귀 기울이려고. 서울로 돌아갈 날이 며칠 남지 않은 지금, 어쩐지 통영의 색이 제대로 묻어나는 섬 한 곳에 더 가보면 어떨까 싶기도 했다. 아니면 재래시장이나 통영 바다가 내려다보이는 공원 한 곳을 더 찾을까 싶기도 했다. 통영 한 달 살이를 하고 돌아온 나에게 날아올 질문들을 의식했기 때문이다.

"통영은 어떤 곳이야? 통영에서 꼭 해야 할 것은 뭐야?"

상경하면 분명 이런 질문이 나에게 쏟아질 것이다. 어쩐지 전문가다운, 프로 같은 대답을 해줘야 할 것만 같다. 통영에서 제일 통영다운 곳은 어디일까? 어떤 곳을 이야기해야 내가 더 멋져 보일까?

이른 아침부터 그런 강박에 사로잡혀 속이 답답했다. 분명 며칠 전까지 통영에서 너무나도 행복했던 나인데, 왜 돌아가려니 이런 쓸데없는 생각으로 마음이 복잡할까? 나는 아직도 다른 사람들을 실망하게 만드는 것이 조금은 두렵고, 조금은 슬프다. 하지만 오늘 루프톱 바 아뮤제에 가고 싶다고 생각한 순간, 모든 게 명확해졌다. 가장 통영다운 곳은 없다는 것, 통영 한 달 살이 동안 내가 순수하게 행복했던 모든 순간이 가장 통영다운 것이라는 것. 통영은 어디에도 없고, 어디에나 있다.

평일 저녁의 루프톱 바 아뮤제는 여느 통영의 가게들이 그렇듯 한적하고 잔잔한 음악이 흘러나온다. 언제나처럼 해 질 무렵

루프톱 바 아뮤제에 즐기는 통영의 밤

의 통영 바다는 아련하다. 통영 바다는 보는 장소에 따라 그 모습이 조금씩 달랐는데 미수동에서 바라보는 통영 바다는 참 정겨워서 옛 생각이 난다. 칵테일 블루 하와이안을 시켜놓고 분위기를 한껏 누렸다. 어두워질수록 통영이 아니라 방콕에 온 것 같기도, 서울 한강 변에 있는 것 같기도 했다. 완전히 깜깜해지자 바다의 전경은 보이지 않았고 맞은편 해안로를 따라 켜진 조명만이 밤바다에 반사되어 반짝였다. 밤이 깊어질수록 아뮤제의 핫핑크색 조명은 암흑 같은 풍경과 대비되었다.

이 모든 것은 통영 아닌 다른 곳에서도 충분히 할 수 있는 경험일지도 모른다. 그렇지만 나는 이 루프톱 바에 꼭 오고 싶었다. 통영다운 게 뭔데? 나는 그저 바다 마을에 살면서 바다 근처의 루프톱 바나 테라스 라운지에 앉아 칵테일이든 와인이든 꼭 마셔보고 싶었다고! 버럭 하는 마음의 소리가 들렸다. 순간 웃음이 터졌다. 누가 뭐랬나? 저 마음의 외침이 '나다운 게 뭔데?'로 들렸던 건 단순히 우연일까?

어쨌든 바다에 비치는 조명을 별빛 보듯 바라보며 칵테일을 홀짝이는 기분. 행복하다. 여름이지만 해가 진 바다의 밤은 바람이 불어 약간 서늘하다. 경험의 동물답게 나는 그럴 줄 알고 도톰한 봄가을용 울 카디건을 챙겼다. 보송한 카디건을 어깨 위로 살짝 걸치고 그 안에 두 팔을 쏙 숨기니 더 행복하다. 영화 〈리틀 포레스트〉에서 김태리가 그랬지. 한겨울 방문 열고 겨울바람 맞으며 뜨끈한 온돌방에서 마시는 막걸리가 얼마나 맛있는지 모른다고. 그런 거다. 나는 겨울이 아니라 여름 바람이고, 방이 아니라 루프톱 바고, 막걸리가 아니라 칵테일이지만. 그래도 내 한 달 역시, '리틀 바다 마을'이니까.

한 달 내내 뚜벅이로 살아온 나는 역시나 버스가 끊기기 전에 건전하고 모범적으로 바를 나섰다. 이미 어두워져서 바다고 뭐고 아무것도 보이지 않았지만 숙소로 돌아가기에 아주 늦은 시간은 아니었다. 아무리 어두워도 죽림으로 돌아가는 버스는 왔고, 나는 무사히 버스에 올랐다. 제일 뒷좌석에 자리 잡고 앉은 내 모양새가 괜히 조금 우습다. 나름 바에 간다고 화려한 원피스를 갖춰 입었다. 힐까지 신지 않은 건 다행이다. 야심한 시각, 버스를 타고 돌아가는 화려한 행색의 젊은 여성은 아무래도 통영 시내버스에서 만나보기 쉽지는 않으니까.

웃음이 났던 것도 잠시, 흠. 알게 뭐람? 별생각을 다 한다지. 서울로 돌아가기 전 바다의 야경을 바라보며 칵테일을 한잔할 수 있어서 정말 행복했다! 괜히 여행 작가 행세한답시고 다른 곳 탐사 가려던 걸 마음 이끌리는 대로 루프톱 바로 정하길 얼마나 잘했게? 과거의 나에게 화가 났던 지금의 나는, 이로써 조금은 그 '나'를 이해할 마음이 생겼다고 한다. 의기소침하던 과거의 나에게 가서 "걱정 마라. 미래에 오면 언니가 너 살기 편하게 다 해놓을 게!"라고 말할 자신감도.

늦은 시각 숙소로 돌아가는 버스 안 붉은 벨

Day 26 '내' 시간을 달리는 소녀

유난히 소극적이고 말수가 없던 유년 시절의 나. 어린아이가 그토록 조용하고 차분하게 오래 앉아 있을 수 있다는 것을 본 사람 누구나 깜짝 놀라곤 했다.

"어쩜 어린아이가 이렇게 차분할까? 참 착한 아이다."

그러던 내가 지금은 이렇게 타지 곳곳을 돌아다니며 한 달 살기를 하고 있다. 그 어른들이 지금의 나를 본다면 이렇게 이야기하지 않을까?

"네가 이렇게 자랐을 줄은 몰랐단다."

유독 의견 말하기를 두려워하고 눈치를 많이 보던 청소년기의 나에게는 활달하고 사교성 좋고 잠시도 가만있지 못하는 친구들이 많았다. 하고 싶은 게 별로 없던 나와 달리 그 친구들은 늘 하고 싶은 것, 이루고 싶은 꿈이 많았다. 그 사이에서 나도 하고 싶은 것이 많은 척 굴었다. 친구들은 언제나 나를 막냇동생처럼 챙겼다. 의견을 쉽사리 내지 않는 나를 대신해 많은 것들을 결정해주었고, 때로는 어차피 의견도 내지 않으니 본인들의 뜻대로 나를 리드했다. 그 당시에는 '난 별로 하고 싶지 않은데'라는 생각이 들어도 묵묵히 따라가곤 했다. 싫다고 말할 용기가 없으니까.

그러던 친구들이 20대 후반에 들어가며 하나둘 결혼을 하고 아이를 낳아 육아를 시작했다. 육아에 전념하며 친구들은 현실에 맞게 다른 모습으로 변모해갔다. 왈가닥처럼 세상을 헤집고 다니던 그 친구들은 없었다. 항상 10년은 앞서가며 세상을 경험하던 내 친구들은 이제 따뜻하고 안락한 어머니가 되어 있다. 아기 같던 나는 세상 모르는 철부지 반항아처럼 글을 쓰고 여행이나 다니며 살겠다고 하고 있으니 세상은 요지경이다. 오래 살고 볼 일이라는 말이 이럴 때 쓰는 건가 싶을 만큼.

어린 시절 좀처럼 흥분을 가라앉히지 못하던 그 친구들은 언제나 변함없고 우직한 나를 찾아 고민을 털어놓고 마음의 평정을 되찾곤 했었는데, 지금은 내가 친구들에게 상담을 청한다. 개구리처럼 팔딱이던 그 시절의 친구들은 이제 한곳에 우뚝 선 아름드리나무처럼 따스하고 잔잔한 모습으로 나를 반겨준다. 이제 내가 그들에게서 마음의 평정을 얻게 된다. 음습하던 내 마음은 그들 덕분에 정오의 양지로 올라가는 듯한 기분이 든다.

통영이라는 낯선 타지에 내려와 한 달이라는 시간을 유유자적 보내는 일은 분명 호사롭고 아름다운 일이지만 현실적으로는 감당해야 할 것도 많다. 절약하고 아낀다고 해도 서울에서 생활하던 것보다는 조금씩 더 지출하게 되고, 이렇게 자유롭다가 영원히 자유롭기만 한 건 아닐까 모순되는 걱정이 드는 것도 사실이다. 글을 쓰고, 책을 내고, 블로그에 글을 업로드하고, 강의를 촬영하는 등 다양한 일을 하면서 공간에 제약 없이 살기 위해 노력하고 있는 것은 맞지만 조금은 불안정하고 기복이 있는 삶인 것은 부정할 수 없다.

그런 불안감이 들 때마다 출산과 육아라는 계획된 미래를 꿈꾸며 정착한 친구들, 혹은 나와 같은 일을 하지만 나보다 훨씬 성공한 이들, 자유롭지만 돈까지 손에 쥔 이들, 집도 있고 차도 있는 유복한 이들과 끝도 없이 나를 비교하게 된다. 이 나이에는 이러이러해야 하고, 이 시기에는 또 이러이러해야 한다는 식의 이야기에 반발하면서도 정작 나 스스로 그런 고민을 답습한다. 내가 보란 듯이 뛰어난 성과를 올리고 돈도 잘 벌고 남부럽지 않게 살았다면 아마 이런 고민은 덜했을지도 모른다. 이러지도, 저러지도 못하고 있다는 생각에 괴로운 것이다.

오랜 입시 미술을 공부한 뒤 기껏 미대에 들어갔지만, 그와 전혀 다른 글을 쓰겠다는 나. 어디 회사라도 취직해 안정적인 일을 하라는 말에도 반백수로 버티며 글 쓰는 일을 업으로 삼는 모습. 세상의 시각으론 갑갑하고 대책 없고 융통성 없는 사람처럼 보일지 모른다. 아니, 사실 난 그런 사람이 맞다.

그래도 나는 지금의 내가 좋다. 무중력 상태처럼 부유하던 삶으로 돌아가고 싶지 않다. 세상에 나를 보이는 시간은 지금이라고 생각한다. 그렇게 살아가고 있다. 결과가 더디고 자본주의 사회를 살아가는 머리라고는 텅텅 빈 나지만, 이게 나인걸. 나는 내 시간의 속도대로 알맞게 가고 있다. 영원히 세상이 말하는 성공을 하지 못해도 어쩔 수 없다고 생각한다. 나만의 시간에서 가장 적절한 때에, 나는 나만의 성공을 할 테니까.

통영에서의 한 달은 나를 세상 시간 밖으로 끄집어내준 소중한 날들이었다. 이 한 달은 오롯이 '나'로 살았다. 나의 시간대에서 나의 모습으로 차근차근 서른 날, 서른 밤을 건넜다. 통영을 타고 내 시간을 건너 도착하게 될, 누구와도 다른 나만의 미래. 오늘도 기대된다.

호젓하고 아름답게 보낸 통영에서의 시간

Day 27 사실 나, 그거 안 좋아해!

20대 초반, 친구와 쇼핑할 때의 일이다.

"이 옷 너랑 진짜 잘 어울린다. 완전 네 스타일이야!"

이 말을 자주 하던 친구와 함께였다. 여자 친구들끼리 옷을 구경하러 가면 으레 들을 법한 이야기지만 그 친구는 유독 '내 스타일'이라며 옷을 추천해주는 빈도가 잦았다. 아마 그 친구가 내 스타일이라고 규정해둔 스타일이 있던 모양이다.

그때 친구가 나에게 골라주는 옷들은 원색에 여러 가지 패턴이 돋보이는 굉장히 화려하고 유니크한 옷들이었다. 같이 그림을 그렸던 친구여서 내가 좋아하는 장식적이고 강렬한 그림 양식이나 색감을 보고 그렇게 줄곧 나를 판단했을 것이다. 실제로 한동안은 나 스스로 화려한 장신구나 채도가 높고 패턴이 많은 빈티지 패션을 즐기기도 했었다. 하지만 20대의 패션 취향이란 '오늘 저녁 뭐 먹을까?'와 같아서 눈 깜짝할 새에 수십 번씩 바뀌는 것이었다. 내 마음은 이제 다른 취향으로 넘어가고 싶었지만, 이상하게도 그렇게 내 스타일을 규정하는 친구 기에 눌려 쉽사리 바꾸지 못했다. 지금 돌이켜보면 참 별것을 다 눈치 보며 살았구나 싶다.

한동안 친구가 "이거 입어봐! 저거 입어봐!" 하고 내 취향이라며 골라주는 옷들을 어색하게 웃으며 받아들였다. 그렇게 시간은 점점 흘렀고 '이거 나 이제 별로야!'라는 말을 할 기회는 더욱 멀어졌다. 그 친구와 둘이 있을 때는 암묵적으로 내 패션 취향은 곧 '친구가 골라주는 옷'으로 결정되었다. 제법 오래, 내가 서른이 다 될 때까지.

정말 친한 친구와의 관계에서 나는 사소한 부분까지 억지로 떠밀렸다. 중요한 순간이나 사무적 상황에서는 더욱 심했다. 상대방이 나를 "너 이런 스타일이지, 너 이런 취향이지, 너 이럴 때 이렇게 하지!"라고 확신에 차 말하면 영락없이 끌려 다녔다.

"하핫, 맞아. 가끔은……."

말을 흐리며 어색하게 웃던 내 모습이 눈에 선하다. 내가 '나'를 되찾은 것은 한 달 살이를 떠나면서부터다. 물론 유유자적 휴식을 취하며 나를 돌아보는 시간을 갖는 것이 내게 무엇보다 중요하지만, 연고도 없고 생판 모르는 곳에서 지낸다는 것은 내가 살아온 모든 경험을 총동원하게 되는 일이다. 인터넷이나 가이드북에서 알려주는 정보가 차고 넘치는 요즘이지만 그 정보들을 취합하여 내 것으로 만들어야 후회 없는 한 달 살이를 할 수 있다. 내 머릿속에 쌓인 수십 년간의 데이터베이스를 기반으로 많은 것을 결정해야 했다. 그 과정이 전에 느껴보지 못한 새로운 감각이었던 것이 분명하다. 그렇게 한 달을 경험하고 또 경험할수록 모든 순간을 내 인생에서 놓치고 싶지 않았다. 이 한 달처럼, 인생에서 늘 '나'로 결정하고 '나'로 살고 싶었다.

'내가 그걸 좋아하던가? 나는 어떤 사람일까?' 같은 질문은 한 달 살이에서 통하지 않는다. 내가 하고 싶은 것, 내가 좋아하

내가 좋아하는 것이 무엇인지 알게 된 통영에서의 한 달

는 것, 내가 원하는 순간, 그런 것들을 위해서 마음껏 그리고 즉각적으로 시간을 쓴다. 싫은 것, 불편한 것, 긴가민가해서 오래 고민하게 되는 것들은 과감히 버린다. 잘 모르겠으면 아닌 거다. 오로지 내 생각만 하는 한 달이다.

그렇게 한 달을 지내고 돌아가는 날이면, 늘 그렇듯 머릿속이 선명해진다. 돌아가면 나답게, 조금 더 자연스럽게 살아야겠다는 그림이 그려진다. 물론 그 그림이 완벽히 재현되리란 보장은 없다. 삶이란 언제나 그렇듯 예측한 대로 되지 않으니까. 그럼에도, 이런 그림을 그려볼 여유도 없이 재무 설계사 같은 역할로만 내 인생을 채우고 싶지는 않다.

통영의 한 달은 수업 시간에 몰래 나와 거니는 학교 정원 같았다. 지긋지긋한 수학 시간에 뒷문으로 몰래 빠져나와 맛보는 평온함 같았다. 공부를 아예 하지 않고 살 순 없는 거지만, 공부보다 몰래 하는 산책이 인생을 더 아름답게 만들어줄 수도 있지 않을까. 어쩌면 공부와, 땡땡이치고 하는 산책이 적당하게 섞여 있어야 가장 적절한 것일지도 모르겠다. 이렇듯 난 아직 인생을 전혀 모른다. 그냥 내 경험에 따라 '삶이란 그런 거 같아'라고 생각해보는 것일 뿐. 그런데 그러한 생각이 많아질수록 어쩐지 조금 더 행복하다.

수업 시간에 몰래 즐기는 산책에서 만나는 토끼풀, 수풀 속 고양이, 흙바닥에 버려진 누군가의 명찰, 보석같이 예쁜 조약돌,

몰래 하는 산책처럼 설레는 마음으로 거닐던 통영의 골목

그런 모든 것들은 인생에 새로운 암시를 준다. 지루하고 숨 막히던 서울의 하루하루에서 탈출해 도착한 통영. 이곳에서 만난 쪽빛 바다, 하얀 배의 갑판, 박물관에서 만난 오색빛 자개, 밤바다에서 불어오던 짭짤한 바람, 어느 꿈결 같은 밤의 재즈, 이 모든 것들이 나를 생생하게 살렸듯이 말이다. 나무껍질처럼 건조하고 꺼끌거리던 내 삶이 낭창낭창 미끌거리는 비진도 바닷속 해초처럼 촉촉해졌다.

통영에서 나는 '꼭 가봐야 할 곳' 같은 정해진 공식을 따르는 것을 이상하게 싫어하고, 분위기에 분위기를 더하는 호사를 즐기고, 글을 쓸 때는 가사가 너무 명확하게 들리는 음악은 꺼리며, 너도 나도 맛있다는 데를 두고 굳이 다른 맛집 찾기를 좋아한다는 걸 다시 한 번 확인했다. 진짜 내가 좋아하는 것, 그리고 사실은 별로 좋아하지 않던 것을 통영 한 달 살이에서 더 가까이 마주했다.

모두가 아는 똑같은 통영이지만 한 달을 살면 나만의 통영이 된다. 시간이 지나도 이 한 달은 나에게 영원히, 지워지지 않는 기록으로 박제될 것이다. 이렇게 쌓인 기록들을 가지고 나는 내게로 또 한 발짝 명확하게 다가가겠지. 내가 진짜 좋아하는 것은 무엇인지, 그리고 내가 아닌 세상과 그들이 좋아했던 것은 무엇인지 알게 되겠지.

+오늘의 노트 10

나만 보는 내 일기장엔 내가 진짜 좋아하는 걸 써보자

내가 좋아한다고 믿었던 것들이 남들과 세상이 좋아하는 것이었다는 사실을 깨달았던 경험, 혹시 있어? 무의식중에 내 취향, 기호라고 생각해온 그것들. 가끔은 집착으로 느껴질 만큼 잡고 놓지 못했던 그놈의 '내가 좋아하는 것'. 그게 없으면 안 된다고 생각했고, 그것들이 내가 살아갈 이유라고 생각했지. 하지만 아니었어. 이제서야 조금씩 내가 진짜 원하고 바라던 게 무엇인지 보이기 시작했어.

나의 노트:

Day 28 의외로 괜찮은 내 인생

통영에서의 서른 날이 끝났다. 다시 서울로 돌아가서 일상을 살아야 한다. 한 달 살이 후의 복귀는 언제나 그렇듯 단기 여행보다 조금 더 서글프다. 오로지 나만 생각하는 한 달이 내 일상에 긍정적 효과를 끼친 것은 확실하지만, 그것과는 별개로 항상 후유증이 남는다. 가끔 한 달 살이를 하러 도착한 첫날부터 복귀를 걱정하기도 한다.

'하. 마지막 날 어떻게 집에 가지?'

첫날 느꼈던 그 걱정스러운 감정이 데자뷔처럼 생생하게 돌아온다. 작별은 언제나 아쉽다. 다시 돌아올 수 있는 곳이고 마음만 먹으면 겨울에도 또 살아볼 수 있는 거지만. 그때는 또 지금의 마음과 다를 수 있고 이 순간은 다시 돌아오지 않는다는 사실에 가슴 한구석이 아리다.

아낌없이 퍼주던 존재는 시간이 지나고 나면 더 뚜렷이 기억에 남는다. 통영이 내겐 그렇다. 그렇기에 지금보다 시간이 흐르고 나면 훨씬 더 아쉽고 그리울 것이다. 통영은 바다같이 넉넉한 품으로 나를 기다려주었다. 내 안에 있는 답을 찾기 위해 괴로워하고 글을 쓰며 분주할 때에도 바다는 늘 그 자리에 있었다. 아마 통영은 진즉 알고 있었을 것이다. 내가 그토록 찾으려 했던 답을 말이다. 그리고 내가 스스로 무언가를 찾길 묵묵히 기다려준 통영이, 나는 한동안 무척 보고 싶을 것 같다.

통영에서 한 달을 지내는 동안 나는 황홀하리만큼 아름다운 순간들을 누렸다. 통영 바다만큼 깊은 생각에 빠지기도 했다. 그러다 나는 왜 이렇게 사는지 혼자 푸념을 늘어놓기도 했고, 다시 그런 나를 도닥이기도 했다. 어쩌면 누구에게나, 어디서나, 당연히 있을 법한 한 달의 감정이었을지 모른다. 그냥 놓쳐도 그만일 그 감정들을 통영은 한 권의 시집으로 엮어 나에게 선물했다. 그 어떤 선물보다 값지고 귀하다. 서울에서 다시 지치는 순간이 올 때, 숨이 턱턱 막히는 그런 때에 열어봐야지. 아침마다 달리던 죽림의 해안로, 바람과 바다와 하늘이 하나이던 용남면의 해안로, 다른 세상의 물빛 같던 비진도 바다. 한 장 한 장 넘길 때마다 그 모든 남해의 향기가 가득한, '통영'이라는 한 권의 시집.

무한한 신뢰로 나를 기다려준 통영 덕분에 아쉬움도 많지만 설렘도 크다. 돌아가는 날에 설레게 될 줄은 정말 몰랐는데, 그렇게 되었다. 통영이 메마른 나를 구석구석 채워준 덕분이겠지. 그 힘으로 다시 살아나갈 하루하루가 기대된다. 한 달 동안 잊고 있던 나의 소중한 집, 돌아갈 곳이 있다는 것도 감사한 일이다. 그리고 언제나 나의 안녕만을 기원하는 우리 가족, 내가 하는 건 다 멋있고 다 최고라고 말하는 친구들, 이렇게 씩씩하게 통영의 기운을 가득 채워 넣고서 또 한 번 삶의 여정을 떠나겠다고 다짐하는 나. 어쩌면 내 인생은 내가 생각한 것보다 훌륭할지도.

중학교 시절 사회 시간이 생각난다. 4, 50분쯤 되는 수업 시간 내내 집중하는 것이 힘들던 나는, '사회과 부도'를 펼쳐놓고 지도 보기를 좋아했다. 지리 수업은 지루해하면서 지도는 왜 매일 펼쳐두고 있냐며 친구는 비웃었다. 사실 나는 경상남도가 어디 붙어 있는지, 전라남도가 어디 있는지도 몰랐다. 사회 시간에 배웠던 각 지역 특산물도, 그 지역들의 지리적 특성도 늘 헷갈렸다. 그렇지만 지도를 보면서 늘 생각했다.

'여기서 한 달 살고, 그다음은 여기로 갈 거야. 여기 이 도시에서 한 달 살고, 그다음에는 여기로 가서 이 동네에 한 달…….'

하늘색은 바다, 노란색은 육지라는 것만 알면서 그런 상상을 했더랬다. 바다를 건너 기차를 타고, 그렇게 이 땅 저 땅 돌아다니며 사는 상상을 하고 있으면 시간이 훌쩍 흘렀다. 친구들이 선생님 몰래 하자던 빙고 게임보다 그게 더 좋았다.

서른이 넘어 곱씹어보니 그때 상상했던 모습으로 얼추 살고 있다. 그저 상상에 그치고 말 일이라고 여겼는데. '원하는 모든 곳에서 다 살아보는 삶.' 꿈은 그러한데 명료하게 쓸 수 있는 단어가 도통 떠오르지 않아 장래 희망란에 또박또박 적었던 건 결국 '패션 디자이너'였다. 그러나 내가 언제나 진짜 바라던 것은 이곳저곳 떠돌아다니는 삶이었음을 고백한다. 어릴 적 꿈꾸던 모습으로 살고 있다니 얼마나 영화 같은 이야기인가. 원하던 것을 가졌으니 내 삶은, 생각보다 괜찮은 인생일지도 몰라.

통영에서의 모든 날들이여, 안녕

부록

통영으로 떠나고 싶은 당신에게

통영 한 달 살이, 어떻게 준비할까?

요즘 국내 한 달 살이를 준비하는 이들이 상당히 많다. 그 원조격은 '제주도'다. 제주도 한 달 살이에 비해 통영 한 달 살이는 비행기를 타지 않아도 되고, 차를 타고 이동이 자유로워 좀 더 심리적으로 안심되는 측면이 있다. 제주도 한 달 살이는 차를 렌트해서 한 달을 지내야 한다는 점이 단점일 수 있지만, 통영 한 달 살이의 경우 시내버스를 이용하거나 대중교통으로 접근하기 어려운 지역만 콜택시를 통해 이동하면 되기에 운전 부담도 없다.

통영 한 달 살이를 계획할 때는 본인의 라이프 스타일 및 여행 성향, 예산 등을 고려해야 한다. 한 달을 혼자 지낼 것인지, 친구 혹은 부부끼리 가는지, 아이들을 데리고 가는지 등에 따라 한 달 살이 계획이 달라질 것이다. "통영 한 달 살이 비용은 얼마나 드나요?"라고 물어보는 이들을 자주 만난다. 이런 질문을 받으면 참 난감하다. 한 달 살이에는 정해진 공식이 따로 없고 가고자 하는 사람의 타입, 나이, 성별 등에 따라 천차만별로 달라지기 때문이다.

그러므로 통영으로 한 달 살이를 떠날 때는 통영을 선택한 이유, 통영에서 어떤 모습으로 살고 싶은지를 미리 그려보는 것이 중요하다. 큰 틀을 바탕으로 구체적 계획을 세우고자 하는 당신을 위해 성향별 예산을 제시해본다.

여행 성향으로 알아보는 한 달 생활비 예산(1인 기준)

1. 알뜰살뜰 실속형

- 숙소: 장기 투숙 할인, 장기 임대 등을 통해 1박 1만 원 내외(×한 달 30일=30만 원 정도).
- 교통비: 통영 시내버스 비용은 성인 기준 1,500원. 하루 왕복 1회 할 경우 3천 원(×한 달 30일=9만 원 정도).
- 식비: 하루 두 끼는 숙소에서 해결(일주일에 한 번 장 봤을 때 대략 5만 원), 한 끼만 외식(평균 물가 7천 원 정도)할 경우(5만 원×한 달 4주=20만 원 정도+7천 원×한 달 30일=21만 원 정도=) 총 41만 원 정도. 간식비 미포함.
- 레저: 케이블카, 루지 등을 이용할 경우 대략 왕복 1만 원. 배를 타고 섬 여행할 시, 대략 왕복 1만 5천 원 정도. 한 달에 서너 번 정도 레저를 즐길 경우 약 8만 원 정도.
- 기타: 쇼핑하거나 예상 밖의 지출이 생길 시를 대비해 비상금 5만 원.

대략 총 90만 원 ~ 95만 원 정도.

2. 숙소가 중요한 깔끔형

- 숙소: 1박 6만 원 내외(×한 달 30일=180만 원 정도).
- 교통비: 통영 시내버스 비용은 성인 기준 1,500원. 하루 왕복 2회 할 경우 6천 원(×한 달 30일=18만 원 정도).
- 식비: 하루 두 끼는 숙소에서 해결(일주일에 한 번 장 봤을 때 대략 5만 원), 한 끼만 외식(평균 물가 7천 원 정도)할 경우(5만 원×한 달 4주= 20만 원 정도+7천 원×한 달 30일=21만 원 정도=) 총 41만 원 정도. 간식비 미포함.
- 레저: 케이블카, 루지 등을 이용할 경우 대략 왕복 1만 원. 배를 타고 섬을 여행할 시, 대략 왕복 1만 5천 원 정도. 한 달에 서너 번 정도 레저를 즐길 경우 약 8만 원 정도.
- 기타: 쇼핑하거나 예상 밖의 지출이 생길 시를 대비해 비상금 10만 원.

대략 총 257만 원 ~ 262만 원 정도.

3. 식도락이 중요한 미식형

- 숙소: 장기 투숙 할인 등을 통해 1박 3만 원 내외(×한 달 30일= 90만 원 정도).
- 교통비: 통영 시내버스 비용은 성인 기준 1,500원. 하루 왕복 2회 할 경우 6천 원(×한 달 30일=18만 원 정도).
- 식비: 하루 한 끼는 숙소에서 해결(일주일에 한 번 장 봤을 때 대략 3만 원), 두 끼는 외식(평균 물가 7천 원 정도, 그중 한 끼는 1만 원 이상으로 소비)할 경우 (3만 원×한 달 4주=12만 원 정도, 1만 7천 원×한 달 30일=) 총 51만 원 정도. 간식비(일주일에 3만 원×한 달 4주) 포함할 경우 총 63만 원 정도.
- 레저: 케이블카, 루지 등을 탑승할 경우 대략 왕복 1만 원. 배를 타고 섬을 여행할 시, 대략 왕복 1만 5천 원 정도. 한 달에 서너 번 정도 레저를 즐길 경우 약 8만 원 정도.
- 기타: 쇼핑하거나 예상 밖의 지출이 생길 시를 대비해 비상금 10만 원.

대략 총 189만 원 ~ 194만 원 정도.

*** 작가의 한마디:** 한 달 살기를 할 때는 숙박 공유 사이트인 에어비앤비를 통해 예약하면 보다 편리하다. 숙소 사진을 보며 확실하게 비교하고, 호스트에게 메시지를 보내 궁금한 것을 즉각적으로 확인할 수 있다. 에어비앤비의 경우, 한 달 이상 장기 투숙을 하면 큰 폭으로 할인되는 점도 장점이다. 다만, 에어비앤비를 통해 예약할 경우에는 리뷰를 꼼꼼히 살피고 아무리 숙소의 사진이 좋아도 리뷰가 적거나 없으면 예약하지 않는 편이 좋다. 리뷰가 많으며 점수가 높은 슈퍼호스트의 숙소를 찾는 것이 요령이다.

대중교통 이용하기

1. 시내버스

종점을 중심으로 100번대에서 900번대까지 나뉜다. 목적지까지 가는 시내버스를 찾으려면 '네이버 길찾기'를 이용하자. 또한 정류장에 붙은 정류소 번호를 보고 문자 메시지 서비스를 이용하면 1, 2분 후 도착 정보가 수신된다. 서비스 신청 번호는 013-3366-4808이다. bms.tongyeong.go.kr(통영시 버스 정보 시스템)으로 접속해 버스 도착 예정 정보, 버스 노선 안내 등을 확인할 수 있다.

- 100번대: 통영 관광객들이 주로 이용하게 될 버스다. 통영국제음악당이 있는 도남동과 서호시장, 중앙시장, 그리고 죽림 신도시까지 오갈 수 있다.
- 200번대: 용화사 종점 방면이다. 미륵산 등산객들이 많이 이용하기 때문에 등산 가방을 멘 승객이 많다.
- 300번대: 미수동 종점 방면.
- 400번대: 해양대, 인평 종점 방면. 주로 인평동에 있는 충무중, 충무여중 학생들이 등하교 시간에 많이 이용한다.
- 500번대: 삼덕, 달아, 척포 종점 방면. 산양읍을 가기 위해 몇 번 타보았으나 하루에 몇 대 운행하지 않고, 시간대가 정확히 맞지 않아 탑승에 애먹기 쉽다.
- 600번대: 서호시장을 기점으로 순환하는 버스. 동영 버스 터미닐을 가기 위해 탔다면 꼭 잊지 말고 터미널에서 내려야 한다. 터미널을 지나 시골 마을로 들어가는 경우가 많기 때문에, 자칫 잘못하면 미아가 되는 수가 있다.
- 900번대: 평림동과 거제대교에서 출발해 통영 버스 터미널로 가는 노선.

2. 택시

낮에는 카카오택시가 간간이 잡히지만, 밤에는 이마저도 잘 잡히지 않는다. 통영 콜택시 몇 곳의 번호를 알아두고 이용하면 좋다. 특히 '온정택시'는 콜 수수료가 무료이며 애플리케이션도 있다.

언제 떠나면 좋은까?

1. 봄

남해의 봄은 정말로 아름답다. 봄철에 통영에서 한 달을 살 수 있다면 무엇보다 호사로운 경험이 아닐까? 날씨가 온난하고 봄꽃도 그 어느 지역보다 이르게 피는 곳이 남쪽 바다의 땅, 통영이니까. 꽃샘추위로 떨어야 하는 수도권과 달리 통영엔 좀 더 일찍 봄이 찾아온다. 지천으로 자라는 해쑥과 도다리가 만난 통영 봄 제철 음식, 도다리쑥국을 맛볼 수 있다는 것도 설레는 포인트.

2. 여름

통영의 여름은 생각보다 무덥지 않다. 바다 수영을 좋아하는 이라면 매일 해수욕을 즐길 수 있는 여름의 통영 살이를 강력 추천한다. 통영 시내에 묵을 경우 버스로 가깝게 다닐 수 있는 도남동의 통영 공설 해수욕장(규모가 상당히 작아서 아쉽다)에 매일 가기 좋고, 공설 해수욕장으로 채워지지 않는 아쉬움은 섬 여행을 통해 해소하길 바란다.

3. 가을

가을 역시 활동성이 좋은 시기. 레저를 좋아하는 이에게 통영 한 달 살이를 하기에 이처럼 좋은 계절도 없다. 사시사철 푸르기만 할 것 같은 통영이지만, 가을에는 통영에도 울긋불긋한 단풍 물이 든다. 미륵산의 미래사나 명정동에 있는 충렬사를 찾아 고즈넉한 단풍과 가을 풍경을 감상해보자. 지리산 등반을 위해 사량도와 같은 섬으로 떠나 트레킹하거나 미륵산, 천개산, 벽방산 등 다양한 통영의 산을 등산해보는 것도 좋겠다.

4. 겨울

한 달 살이를 하려는 이들이 가장 망설이는 계절. 실제로 비수기에 해당하므로 숙소가 저렴한 것이 장점이라면 장점이다. 하지만 겨울 바다 여행을 여행의 백미로 꼽는 이들이 많은 것도 사실. 추운 겨울

날, 든든한 패딩과 등산복으로 무장하고 올라 마주하는 자연 경관과 한려해상국립공원의 전경은 통영에서만 느낄 수 있는 매력. 게다가 통영 굴과 물메기, 방어 등 다양한 제철 해산물을 선보이는 다찌집과 횟집은 미식가들이 절대 놓치지 않는 겨울 통영 여행 코스다.

통영으로
떠나고 싶은 당신에게

한 달은 길다면 길고 짧다면 짧은 시간이지만, 나를 돌아보며 진정한 '나'를 찾는 휴식의 여정으로는 충분한 시간이 아닐까.

산간 지역이나 다른 소도시도 그만의 매력이 있겠지만, 올망졸망한 섬들이 모여 다채로운 해안선 풍경을 자랑하는 통영의 매력은 그 어디에서도 볼 수 없는 통영만의 것. 어디를 가든지 바다가 맞이해주는 통영은 우리나라에 몇 곳 안 되는 해양 도시다. 그 '몇 곳'을 두고 한동안 많은 고민을 했다. 오랜 조사, 수많은 비교 분석 끝에 고른 통영은 결과적으로 모든 부분을 만족시키면서 한 달을 지내기에 참 좋은 곳이었다.

통영은 뚜벅이족이 생활하기 편한 곳이기도 하다. 예쁜 카페나 식당을 갈 때도 차가 없어서 가기 난감한 적이 별로 없다. 장을 보러 마트까지 걸어갈 수 있는 숙소도 제법 많다. 한 달 살이를 할 때에는 무엇보다 편의와 기동성이 중요하다. 여행과 '살이'는 다르기 때문이다. 요리, 세탁, 교통, 번잡하지 않은 분위기 같은 것들. 일주일 정도는 걸핍된 채로 여행하는 네에 하등의 문제가 없지만 한 달 살이는 조금 다른 문제다. 물론, 편의성 측면에서만 보자면 서울에 사는 게 가장 편할 것이니 서울과 비교하지는 말도록 하자.

당신도 통영에서 몸 편히, 마음 편히, 오로지 '나' 하나만 생각하는 천진난만한 한 달을 보냈으면 좋겠다. 밀리고 쓸려서 진정한 내가 누구인지 잊어버린 당신이 통영 안에서 속속들이 진짜 당신을 찾길 바란다. 지치고 힘들 때, 문득 모든 것이 혼란스러워질 때 언제든 꺼내 쓸 수 있는 힘을 통영이 채워줄 것이다.

나의 내밀한 통영 다이어리가 당신에게도 어떤 의미가 되었기를 바란다. 나아가 당신만의 이야기를 쓰고 싶다는 열망도 피어나기를 바라며. 당신의 통영 한 달 살이를 응원한다.